MOTETS

DE

DIFFERENS AUTEURS,

POUR LE SEMESTRE

De Janvier, Février, Mars, Avril, Mai & Juin 1787.

MOTETS

POUR

LA CHAPELLE

DU ROI,

Imprimés par Ordre de Sa Majesté.

DE L'IMPRIMERIE

De Pierre-Robert-Christophe Ballard, seul Imprimeur pour la
Musique de la Chambre & Menus-Plaisirs du Roi, & seul Imprimeur
de la grande Chapelle de Sa Majesté.

M. DCC. LXXXVII.

MOTETS
DE M. DE LALANDE.

PSEAUME L.

David gémit devant Dieu de son crime qu'il a toujours
présent devant ses yeux : Il prie Dieu de l'en puri-
fier de plus en plus en lui donnant son saint Esprit ,
& en créant en lui un cœur nouveau.

Que Dieu ne prend point plaisir aux sacrifices des
bêtes immolées , mais au sacrifice d'un cœur contrit
& humilié.

Chœur. **M**ISERERE mei Deus , secundum
magnam misericordiam tuam.
Recit de Et secundùm multitudinem miserationum
Dessus. tuarum : dele iniquitatem meam.
Amplius lava me ab iniquitate mea : & à
peccato meo munda me.

A

MOTETS

Recit &
Chœur. Quoniam iniquitatem meam ego cog-
nofco : & peccatum meum contrà me
eft femper.

Tibi foli peccavi, & malum coràm te feci :
ut juftificeris in fermonibus tuis , &
vincas cùm judicaris.

Trio. Ecce enim in iniquitatibus conceptus fum:
& in peccatis concepit me mater mea.

Chœur. Ecce enim veritatem dilexifti : incerta &
occulta fapientiæ tuæ manifeftati mihi.

Recit de
Deffus. Afperges me hyffopo, & mundabor : la-
vabis me, & fuper nivem dealbabor.

Auditui meo dabis gaudium & lætitiam :
& exultabunt offa humiliata.

Chœur. Averte faciem tuam à peccatis meis : &
omnes iniquitates meas dele.

Trio. Cor mundum crea in me, Deus, & fpiritum rectum innova in vifceribus meis.

Recit de
Haute-C. Ne projicias me à facie tua : & fpiritum
fanctum tuum ne auferas à me.

Redde mihi lætitiam falutaris tui : & fpiritu principali confirma me.

Chœur. Docebo iniquos vias tuas, & impii ad te
convertentur.

Recit de
Baffe-T. Libera me de fanguinibus Deus, Deus,
falutis meæ : & exultabit lingua mea
juftitiam tuam.

Recit de Domine, labia mea aperies : & os meum
Haute-C. annuntiabit laudem tuam.
Chœur. Quoniam fi voluiffes facrificium, dediffem
utiquè : holocauftis non delectaberis.
Recit de Sacrificium Deo fpiritus contribulatus : cor
Baffe-T. contritum & humiliatum, Deus, non
defpicies.
Chœur. Benignè fac Domine, in bona voluntate
tua Sion : ut ædificentur muri Jerufalem.
Tunc acceptabis facrificium juftitiæ, obla-
tiones & holocaufta : tunc imponent
fuper altare tuum vitulos.

Domine, falvum fac Regem : Et exaudi nos in
die quâ invocaverimus te.

PSEAUME LXXIV.

Combien les méchans, au lieu de s'élever comme ils font,
devroient s'humilier devant Dieu.

Chœur. CONFITEBIMUR tibi, Deus : confitebimur , & invocabimus nomen tuum.

Narrabimus mirabilia tua : cùm accepero tempus ego juſtitias judicabo.

Liquefacta eſt terra , & omnes qui habitant in ea : ego confirmavi columnas ejus.

Recit de Baſſe-T. Dixi iniquis, nolite iniquè agere : & delinquentibus, nolite exaltare cornu.

Nolite extollere in altum cornu veſtrum : nolite loqui adversùs Deum iniquitatem.

Quia nequè ab Oriente, nequè ab Occidente, nequè à deſertis montibus : quoniam Deus judex eſt.

Trio. Hunc humiliat, & hunc exaltat : quia calix in manu Domini, vini meri plenus mixto.

Chœur.   Et inclinavit ex hoc in hoc : verumtamen
               fæx ejus non eft exinanita ; bibent
               omnes peccatores terræ.
Recit de Ego autem annuntiabo in fæculum : can-
Haute-C. tabo Deo Jacob.
Chœur.   Et omnia cornua peccatorum confringam:
               & exaltabunt cornua jufti.

Domine, falvum fac Regem : Et exaudi nos in
die quâ invocaverimus te.

DU PSEAUME CIV.

*Le Prophéte loue Dieu, dans la vûe des graces qu'il a
faites autrefois au peuple Juif, & de la bonté avec
laquelle ils les a tirés de l'Egypte, conservés dans le
desert, & conduits enfin dans la terre qu'il leur avoit
promise.*

Recit de Taille.	CONFITEMINI Domino, & invocate nomen ejus : annuntiate inter gentes opera ejus.
Chœur.	Cantate ei, & psallite ei : narrate omnia mirabilia ejus.
Duo.	Laudamini in nomine sancto ejus : lætetur cor quærentium Dominum.
Recit de Basse-T.	Quærite Dominum, & confirmamini : quærite faciem ejus semper.
Recit & Chœur.	Mementote mirabilium ejus, quæ fecit : prodigia ejus, & judicia oris ejus.
	Semen Abraham, servi ejus : filii Jacob, electi ejus.
	Ipse est Dominus Deus noster : in universa terra judicia ejus.
Recit de Dessus.	Expandit nubem in protectionem eorum, & ignem ut luceret eis per noctem.

Petierunt, & venit coturnix : & panæ cœli faturavit eos.

Dirupit petram, & fluxerunt aquæ : abierunt in ficco flumina.

Quoniam memor fuit verbi fancti fui : quod habuit ad Abraham puerum fuum.

Et eduxit populum fuum in exultatione, & electos fuos in lætitia.

Chœur. Et dedit illis regiones gentium : & labores populorum poffederunt.

Ut cuftodiant juftificationes ejus : & legem ejus requirant.

Domine, falvum fac Regem : Et exaudi nos in die quâ invocaverimus te.

PSEAUME XCVI.

Le Prophéte invite les Hommes & les Anges à adorer
JESUS-CHRIST, *qui confondra un jour ceux qui ado-*
rent les Idoles, & qui comblera les Justes de joye.

Chœur.   DOMINUS regnavit, exultet terra : læ-
             tentur insulæ multæ.

Recit de Nubes & caligo in circuitu ejus justitia, &
Basse-T.   judicium correctio sedis ejus.

          Ignis ante ipsum præcedet : inflammabit
          in circuitu inimicos ejus.

          Illuxerunt fulgura ejus orbi terræ : vidit, &
          commota est terra.

Recit de Montes sicut cera fluxerunt à facie Domi-
Haute-C.   ni, à facie omnis terra.

Duo, D. Annuntiaverunt cœli justitiam ejus : &
& B.   viderunt omnes populi gloriam ejus.

Chœur. Confundantur omnes qui adorant scul-
          ptilia : & qui gloriantur in simulacris
          suis.

Recit de Adorate eum omnes Angeli ejus : audivit,
Dessus.   & lætata est Sion.

          Et exultaverunt filiæ Judæ, propter judi-
          cia tua, Domine.

                                  Quoniam

Quoniam tu Dominus altiffimus fuper om-
　　nem terram : nimis exaltatus es fuper
　　omnes deos.

Qui diligitis Dominum odite malum,
　　cuftodit Dominus animas fanctorum
　　fuorum, de manu peccatoris liberabit
　　eos.

Chœur.　Lux orta eft jufto : & rectis corde lætitia.

Lætamini jufti in Domino, & confitemini
　　memoriæ fanctificationis ejus.

Domine, falvum fac Regem : Et exaudi nos in
die quâ invocaverimus te.

DU PSEAUME CXLIV.

*Le Prophéte releve ici excellemment la grandeur & la
magnificence de Dieu , la sainteté de son Royaume,
& le soin de sa Providence.*

Chœur. EXALTABO te , Deus meus Rex ; &
benedicam nomini tuo in seculum,
& in seculum seculi.

Per singulos dies benedicam tibi , & lau-
dabo nomen tuum in seculum , & in
seculum seculi.

Recit de Magnus Dominus , & laudabilis nimis : &
Haute-C. magnitudinis ejus non est finis.

Generatio & generatio laudabit opera tua :
& potentiam tuam pronuntiabunt.

Duo. Magnificentiam gloriæ sanctitatis tuæ lo-
quentur : & mirabilia tua narrabunt.

Chœur. Et virtutem terribilium tuorum dicent ; &
magnitudinem tuam narrabunt.

Recit de Memoriam abundantiæ suavitatis tuæ eruc-
Basse-T. tabunt , & justitia tua exultabunt.

Recit de Miserator & misericors Dominus ; patiens,
Dessus. & multùm misericors.

Suavis Dominus univerſis : & miſeratio-
nes ejus ſuper omnia opera ejus.

Chœur. Confiteantur tibi , Domine , omnia opera
tua ; & ſancti tui benicant tibi.

Domine , ſalvum fac Regem : Et exaudi nos in
die quâ invocaverimus te.

B ij

DU PSEAUME XXXII.

*Le Prophéte exhorte les Justes à louer Dieu en consi-
derant l'excellence de ses ouvrages.*

*Combien sont heureux ceux qui choisit pour être à lui ?
Qu'il veille sans cesse sur eux pour les defendre.
Qu'il n'y a que lui qui sauve l'homme.*

*Recit de
Haute-C.* EXULTATE justi, in Domino : rectos
decet collaudatio.

Confitemini Domino in cithara, in psal-
terio decem chordarum psallite illi.

Chœur. Cantate ei canticum novum : benè psallite
ei in vociferatione.

Quia rectum est verbum Domini, & omnia opera ejus in fide.

Diligit misericordiam & judicium : mise-
ricordiâ Domini plena est terra.

*Recit de
Basse-T.* Verbo Domini cœli firmati sunt ; spiritu
oris ejus omnis virtus eorum.

Congregans sicut in utre aquas maris : po-
nens in thesauris abyssos.

Chœur. Timeat Dominum omnis terra : ab eo autem commoveantur omnes inhabitan-
tes orbem.

Quoniam ipfe dixit , & facta funt: ipfe
mandavit, & creata funt.

Recit de Beata gens , cujus eft Dominus Deus ejus:
Haute-C. populus, quem elegit in hæreditatem
fibi.

De cœlo refpexit Dominus : vidit omnes
filios hominum.

De præparato habitaculo fuo : refpexit fuper omnes qui habitant terram.

Ecce oculi Domini fuper metuentes
eum , & in eis qui fperant fuper mifericordia ejus.

Ut eruat à morte animas eorum : & alat
eos in fame.

Recit de Anima noftra fuftinetDominum; quoniam
Deffus. adjutor & protector nofter eft.

Quia in eo lætabitur cor noftrum ; & in
nomine fancto ejus fperavimus.

Chœur. Fiat mifericordia tua, Domine, fuper nos ;
quemadmodùm fperavimus in te.

Domine, falvum fac Regem : Et exaudi nos in
die quâ invocaverimus te.

DU PSEAUME LXVII.

Le Prophéte chante dans ce Pseaume les Victoires de JESUS-CHRIST *& de l'Église sur ses ennemis : Il prédit que* JESUS - CHRIST *montera au Ciel ; & que de-là il envoyera ses Apôtres dans tout le monde.*

PRIERE POUR L'ÉGLISE CONTRE SES ENNEMIS.

Chœur.   EXURGAT Deus , & dissipentur inimici ejus : & fugiant , qui oderunt eum , à facie ejus.

Sicut deficit fumus , deficiant : sicut fluit cera à facie ignis, sic pereant peccatores à facie Dei.

Petit   Et justi epulentur , & exltent in conspectu
Chœur.   Dei : & delectentur in lætitia.

Cantate Deo , psalmum dicite nomini ejus : iter facite ei , qui ascendit super occasum , Dominus nomen illi.

Recit de Exultate in conspectu ejus , turbabuntur
Basse-T.   à facie ejus , Patris orphanorum , & judicis viduarum.

Chœur.   Regna terræ , cantate Deo : psallite Domino.

Pfallite Deo qui afcendit fuper cœlum
cœli, ad orientem.

Recit de Ecce dabit voci fuæ vocem virtutis, date

Haute-C. gloriam Deo fuper Ifrael, magnificentia ejus & virtus ejus in nubibus.

Chœur. Mirabilis Deus in Sanctis fuis ; Deus Ifrael, ipfe dabit virtutem & fortitudinem
plebi fuæ : benedictus Deus.

Domine, falvum fac Regem : Et exaudi nos in
die quâ invocaverimus te.

PSEAUME XLVII.

Combien Jerufalem, c'eft-à-dire l'Églife eft agréable à Dieu, parce que c'eft le lieu où fa gloire eft établie.

Duo.   Magnus Dominus , & laudabilis nimis : in civitate Dei noftri , in monte fancto ejus.

Chœur. Fundatur exultatione univerfæ terræ mons Sion , latera Aquilonis , civitas Regis magni.

Recit de Deffus. Deus in domibus ejus cognofcetur : cum fufcipiet eam.

Quoniam ecce Reges terræ congregati funt , convenerunt in unum.

Chœur. Ipfi videntes fic admirati funt , conturbati funt , commoti funt ; tremor apprehendit eos.

Trio. Ibi dolores ut parturientis : in fpiritu vehementi conteres naves Tharfis.

Recit de Baffe-T. Sicut audivimus , fic vidimus in civitate Domini virtutum , in civitate Dei noftri : Deus fundavit eam in æternum.

Sufcepimus Deus , mifericordiam tuam in medio templi tui.

Secundum

Secundum nomen tuum , Deus fic & laus
tua in fines terræ : juftitiâ plena eft
dextera tua.

Recit de Lætetur mons Sion, & exultent filiæ Judæ,
Haute-C. propter judicia tua , Domine.

Circumdate Sion & complectimini eam :
narrate in turribus ejus.

Chœur. Ponite corda veftra in virtute ejus , diftri-
buite domos ejus , ut enarretis in pro-
genia altera.

Quoniam hic eft Deus , Deus nofter in
æternum , & in feculum feculi : ipfe
reget nos in fecula.

Domine , falvum fac Regem : Et exaudi nos in
die quâ invocaverimus te.

C

PSEAUME CIX.

Prophétie de la suprême grandeur de Jesus-Christ; *Qu'il sera élevé à la droite de son Pere : Que son Royaume commencera à s'établir sur la terre par la Judée : Qu'il sera éternellement Prêtre selon l'ordre de Melchisedech.*

Duo.   Dixit Dominus, Domino meo : Sede à dextris meis.

Chœur.   Donec ponam inimicos tuos, scabellum pedum tuorum.

Recit de   Virgam virtutis tuæ emittet Dominus ex
Haute-C.   Sion : dominare in medio inimicorum tuorum.

Chœur.   Tecum principium in die virtutis tuæ in splendoribus sanctorum : ex utero ante luciferum genui te.

Recit de   Juravit Dominus, & non pœnitebit eum :
Basse-T.   Tu es Sacedos in æternum secundum ordinem Melchisedech.

Recit de   Dominus à dextris tuis, confregit in die
Dessus.   iræ suæ reges.

Chœur. Judicabit in nationibus, implebit ruinas;
        conquaffabit capita in terra multorum.
        De torrente in via bibet : propterea exal-
        tabit caput.

    Domine, falvum fac Regem : Et exaudi nos in
die quâ invocaverimus te.

PSEAUME II.

Que c'eſt envain que les hommes, & principalement les Rois & les Princes de la terre, s'oppoſent au Royaume de JESUS-CHRIST, *puiſque c'eſt lui qui a été établi par Dieu ſon Pere, pour être le Roi de tout le monde.*

Recit de Baſſe-T. QUARE fremuerunt gentes, & populi meditati ſunt inania.

Aſtiterunt Reges terræ & Principes convenerunt in unum, adverſus Dominum, & adversùs Chriſtum ejus.

Chœur. Dirumpamus vincula eorum, & projiciamus à nobis jugum ipſorum.

Duo. Qui habitat in cœlis, irridebit eos, & Dominus ſubſannabit eos.

Tunc loquetur ad eos in ira ſua, & in furore ſuo conturbabit eos.

Recit de Baſſe-T. Ego autem conſtitutus ſum Rex ab eo super Sion montem ſanctum ejus, prædicans præceptum ejus.

Dominus dixit ad me, Filius meus es tu, ego hodie genui te.

Postula à me , & dabo tibi gentes hæreditatem tuam , & possessionem tuam terminos terræ.

Chœur. Reges eos in virga ferrea, & tanquam vas figuli confringes eos.

Recit de Dessus. Et nunc Reges intelligite, erudimini qui judicatis terram.

Servite Domino in timore , & exultate ei cum tremore.

Apprehendite disciplinam, nequando irascatur Dominus , & pereatis de via justa.

Chœur. Cum exarserit in brevi iras ejus ; beati omnes qui confidunt in eo.

Domine, salvum fac Regem : Et exaudi nos in die quâ invocaverimus te.

DU PSEAUME XLI.

L'ame sainte se console dans son exil par le souvenir de Dieu & des graces qu'elle en a reçues, & par l'espérance qu'elle a de rentrer dans sa bienheureuse Patrie.

Ce Pseaume est très-propre pour les personnes touchées du desir du Ciel.

Chœur.   QUEMADMODUM desiderat cervus ad fontes aquarum, ita desiderat anima mea ad te, Deus.

Recit de Sitivit anima mea ad Deum fortem, vi-
Haute-C. vum: quando veniam, & apparebo ante faciem Dei.

Fuerunt mihi lacrymæ meæ panes die ac nocte, dùm dicitur mihi quotidiè, ubi est Deus tuus ?

Trio.   Hæc recordatus sum & effudi in me animam meam, quoniam transibo in locum tabernaculi admirabilis, usquè ad domum Dei.

Chœur.   In voce exultationis, & confessionis, sonus epulantis.

Recit de Quarè triſtis es, anima mea ? & quarè con-
Baſſe-T. turbas me ?
Chœur. Spera in Deo , quoniam adhùc confitebor
  illi : ſalutare vultus mei , & Deus meus.

Domine , ſalvum fac Regem : Et exaudi nos in
die quâ invocaverimus te.

PSEAUME XCVII.

Exhortation à chanter les louanges de JESUS-CHRIST,
qui s'est manifesté à toute la terre.
De la joye qu'en reſſentent toutes les créatures.

Recit &   CANTATE Domino canticum novum,
Chœur.   quia mirabilia fecit.

Recit de Salvavit ſibi dextera ejus , & brachium
Haute-C. ſanctum ejus.

   Notum fecit Dominus ſalutare ſuum ; in
   conſpectu gentium revelavit juſtitiam
   ſuam.

   Recordatus eſt miſericordiæ ſuæ , & veri-
   tatis ſuæ domui Iſrael.

Recit de Viderunt omnes termini terræ , ſalutare
Deſſus. Dei noſtri.

   Jubilate Deo omnis terra : cantate, & exultate & pſallite.

   Pſallite Domino in cithara , in cithara &
   voce pſalmi , in tubis ductilibus , &
   voce tubæ corneæ.

Recit de Jubilate in conſpectu Regis Domini,
Baſſe-T. moveatur mare , & plenitudo ejus ; or-
   bis terrarum , & qui habitant in eo.

                         Flumina

Chœur. Flumina plaudent manu, fimul montes
exultabunt à confpectu Domini : quoniam venit judicare terram.
Judicabit orbem terrarum in juftitia , &
populos in æquitate.

Domine, falvum fac Regem : Et exaudi nos in
die quâ invocaverimus te.

D

DU PSEAUME CX.

*Le Prophéte loue Dieu des graces qu'il a faites
à l'Église.*

De la grandeur de son saint Nom.

Duo. CONFITEBOR tibi, Domine, in toto
corde meo; in concilio justorum,
& congregatione.

Chœur. Magna opera Domini; exquisita in omnes voluntates ejus.

Recit de Confessio & magnificentia opus ejus, &
Haute-C. justitia ejus manet in seculum seculi.

Recit de Memoriam fecit mirabilium suorum, mi-
Basse-T. sericors & miserator Dominus : escam
dedit timentibus se.

Chœur. Memor erit in seculum testamenti sui : virtutem operum suorum annuntiabit po-
pulo suo.

Ut det illis hæreditatem gentium : opera
manuum ejus veritas & judicium.

Recit de Fidelia omnia mandata ejus, confirmata
Basse-T. in seculum seculi, facta in veritate &
æquitate.

Recit de Redemptionem mifit populo fuo : manda-
Deſſus. vit in æternum teftamentum fuum.
Trio. Sanctum & terribile nomen ejus ; initium
sapientiæ timor Domini.
Chœur. Intellectus bonus omnibus facientibus
eum : ladatio ejus manet in feculum
feculi.

Domine, falvum fac Regem : Et exaudi nos in die quâ invocaverimus te.

D ij

DU PSEAUME CXXIII.

Le Peuple de Dieu lui rend graces de sa conservation miraculeuse au milieu des plus grandes calamités; ce qui doit s'entendre de l'Église, des Élus & surtout des Juifs que Dieu conserve avec grand soin depuis tant de siécles, pour les convertir un jour & renouveller par eux la face de l'Église & ressusciter le monde entier.

Recit &   Nisi quia Dominus erat in nobis di-
Chœur.   cat nunc Israel : nisi quia Domi-
             nus erat in nobis.
            Cùm exurgerent homines in nos, fortè
            vivos deglutissent nos.
Recit de Cum irasceretur furor eorum in nos, for-
Basse-T.   sitan aqua absorbuisset nos.
Trio.   Torrentem pertransivit anima nostra ; for-
            sitan pertransisset anima nostra aquam
            intolerabilem.
Rec.de D. Benedictus Dominus, qui non dedit nos
& P. Ch.   in captionem dentibus eorum.

 Anima noftra ficut paffer erepta eft de la-
 queo venantium.
 Laqueus contritus eft:& nos liberati fumus.
Chœur. Adjutorium noftrum in nomine Domini ,
 qui fecit cœlum & terram.

 Domine, falvum fac Regem : Et exaudi nos in
die quâ invocaverimus te.

MOTETS
DE M. CAMPRA.

PSEAUME CXXVI.

Qu'il n'y a que Dieu qui puisse nous bâtir une maison,
nous garder une ville, & nous conserver
une famille.

Duo &
Chœur.
N I s I Dominus ædificaverit domum, in vanum laboraverunt qui ædificant eam.

Recit de
Dessus.
Nisi Dominus custodierit civitatem; frustrà vigilat qui custodit eam.

Vanum est vobis ante lucem surgere ; surgite postam sederitis, qui manducatis panem doloris.

Chœur. Cùm dederit dilectis fuis fomnum : ecce
    hæreditas Domini , filii ; merces, fruc-
    tus ventris.

    Sicut fagittæ in manu potentis , ita filii
    excufforum.

Trio & Beatus vir qui implevit defiderium fuum
Chœur.   ex ipfis ; non confundetur cum loque-
    tur inimicis fuis in porta.

  Domine , falvum fac Regem : Et exaudi nos in
die quâ invocaverimus te.

P S E A U M E XIX.

*Excellente Priere ou Vœu pour un Prince pieux,
lorſqu'il va faire la guerre, afin d'attirer ſur lui
le ſecours du Ciel.*

*Recit de
Taille.*   EXAUDIAT te Dominus in die tribu-
lationis : protegat te nomen Dei
Jacob.

Chœur.   Mittat tibi auxilium de ſanĉto, & de Sion
tueatur te.

Duo.   Memor ſit omnis ſacrificii tui, & holo-
cauſtum tuum pingue fiat.

Tribuat tibi ſecundùm cor tuum, & omne
conſilium tuum confirmet.

Chœur.   Lætabimur in ſalutari tuo, & in nomine
Dei noſtri magnificabimur.

*Duo de
Haute-C.*   Impleat Dominus omnes petitiones tuas :
nunc cognovi quoniam ſalvum fecit
Dominus Chriſtum ſuum.

Exaudiat illum de cœlo ſanĉto ſuo, in
potentatibus ſalus dexteræ ejus.

Hi

Duo de Hi in curribus, & hi in equis; nos au-
Baſſe-T. tem in nomine Domini Dei noſtri invocabimus.

Chœur. Ipſi obligati ſunt & ceciderunt : nos autem ſurreximus, & erecti ſumus.

Domine, ſalvum fac Regem : Et exaudi nos in die quâ invocaverimus te.

E

P S E A U M E XCVII.

Exhortation à chanter les louanges de JESUS-CHRIST,
qui s'est manifesté à toute la terre.

De la joye qu'en ressentent toutes les créatures.

Duo.   CANTATE Domine canticum novum,
          quia mirabilia fecit.
      Salvavit sibi dextera ejus , & brachium
      sanctum ejus.

Recit de Notum fecit Dominus salutare suum ; in
Basse-T.   conspectu gentium revelavit justitiam
      suam.

Recit de Recordatus est misericordiæ suæ , & veri-
Taille.   tatis suæ domui Israel.
      Viderunt omnes termini terræ , salutare
      Dei nostri.

Chœur. Jubilate Deo omnis terra : cantate, & exul-
      tate & psallite.
      Psallite Domino in cithara , in cithara &
      voce psalmi, in tubis ductilibus, & voce
      tubæ corneæ.

Duo de Jubilate in conspectu Regis Domini ,
Basse-T.   moveatur mare , & plenitudo ejus ; or-
      bis terrarum , & qui habitant in eo.

Chœur. Flumina plaudent manu , fimul montes
exultabunt à confpectu Domini ; quoniam venit judicare terram.
Judicabit orbem terrarum in juftitia , &
populos in æquitate.

Domine, falvum fac Regem : Et exaudi nos in
die quâ invocaverimus te.

PSEAUME CXI.

Que tous ceux qui craignent Dieu seront heureux :
Que les impies seront misérables, & périront.

Duo.   **B**EATUS vir qui timet Dominum : in mandatis ejus volet nimis.

Chœur. Potens in terra erit semen ejus : generatio rectorum benedicetur.

Recit de Gloria & divitiæ in domo ejus ; & justitia
Taille. ejus manet in seculum seculi.

Recit de Exortum est in tenebris lumen rectis, mi-
Dessus. sericors & miserator, & justus.

Chœur. Jucundus homo qui miseretur & commodat, disponet sermones suos in judicio, quia in æternum non commovebitur.

Recit de In memoria æterna erit justus ; ab audi-
Basse-T. tione mala non timebit.

Recit de Paratum cor ejus sperare in Domino,
Haute-C. confirmatum est cor ejus, non commovebitur donec despiciat inimicos
suos.

Dialo- Dispersit , dedit pauperibus, justitia ejus
gue. manet in seculum seculi ; cornu ejus
exaltabitur in gloria.

Duo & Peccator videbit & irafcetur , dentibus
Chœur. fuis fremet & tabefcet ; defiderium peccatorum peribit.

Domine , falvum fac Regem : Et exaudi nos in
die quâ invocaverimus te.

PSEAUME XLV.

De la fermeté d'une ame qui prend Dieu pour son
appui. Que l'Eglise, qui est sa Cité sainte, étant
soutenue de sa présence, demeure inébranlable
contre toutes les violences qui l'attaquent.

Recit de DEus noster refugium & virtus : adju-
Basse-T. tor in tribulationibus quæ invenerunt nos nimis.

Chœur. Propterea non timebimus dum turbabitur
terra, & transferentur montes in cor
maris.

Sonuerunt & turbatæ sunt aquæ eorum,
conturbati sunt montes in fortitudine
ejus.

Recit de Fluminis impetus lætificat civitatem Dei :
Dessus. sanctificavit tabernaculum suum Altissimus.

Deus in medio ejus, non commovebitur :
adjuvabit eam Deus manè diluculo.

Chœur. Conturbatæ sunt gentes, & inclinata sunt
regna : dedit vocem suam, mota est
terra.

P.Chœur
en Dial. Dominus virtutum nobiscum; susceptor
noster Deus Jacob.

Recit de
Taille. Venite, & videte opera Domini, quæ
posuit prodigia super terram: auferens
bella usque ad finem terræ.

Trio. Arcum conteret, & confringet arma, &
scuta comburet igni.

Recit de
Haute-C. Vacate, & videte quoniam ego sum Deus:
exaltabor in gentibus, & exaltabor in
terra.

Chœur. Dominus virtutum nobiscum : susceptor
noster Deus Jacob.

Domine, salvum fac Regem : Et exaudi nos in
die quâ invocaverimus te.

PSEAUME LIII.

Une ame affligée de ses ennemis prie Dieu de l'en délivrer, & promet qu'ensuite elle lui offrira avec joye des sacrifices de louanges & d'actions de graces.

Recit de **D**Eus, in nomine tuo salvum me fac;
Haute-C. & in virtute tua judica me.
Deus, exaudi orationem meam : auribus percipe verba oris mei.
Chœur. Quoniam alieni insurrexerunt adversùm me, & fortes quæsierunt animam meam; & non proposuerunt Deum ante conspectum suum.
Recit de Ecce enim Deus adjuvat me ; & Dominus
Taille. susceptor est animæ meæ.
Recit de Averte mala inimicis meis : & in veritate
Basse-T. tua disperde illos.
Dialo- Voluntariè sacrificabo tibi ; & confitebor
gue. nomini tuo, Domine, quoniam bonum est.

Quoniam

Chœur. Quoniam ex omni tribulatione eripuifti
me : & fuper inimicos meos defpexit
oculus meus.

Domine, falvum fac Regem : Et exaudi nos in
die quâ invocaverimus te.

F

PSEAUME LXXV.

Quelles font les graces que Dieu a faites à l'Églife, que David repréfente fous le nom de Sion. Il prend de-là fujet d'inviter tout le monde à louer Dieu.

Recit de Baſſe-T. NOTUS in Judæa Deus : in Ifrael magnum nomen ejus.

Et factus eft in pace locus ejus : & habitatio ejus in Sion.

Chœur. Ibi confregit potentias arcuum : fcutum, gladium & bellum.

Petit Chœur. Illuminans tu mirabiliter à montibus æternis : turbati funt omnes infipientes corde.

Recit de Deſſus. Dormierunt fomnum fuum ; & nihil invenerunt omnes viri divitiarum in manibus fuis.

Duo de Baſſe-T. Ab increpatione tua Deus Jacob , dormitaverunt qui afcenderunt equos.

Tu terribilis es , & quis refiftet tibi ? ex tunc ira tua.

Chœur. De cœlo auditum fecifti judicium : terra tremuit & quievit.

Recit de Cum exurgeret in judicium Deus , ut
Haute-C. salvos faceret omnes mansuetos terræ.

   Quoniam cogitatio hominis confitebitur
   tibi , & reliquiæ cogitationis diem fes-
   tum agent tibi.

Recit de Vovete , & reddite Domino Deo vestro ,
Taille. omnes qui in circuitu ejus affertis munera.

Chœur. Terribili , & ei qui aufert spiritum princi-
   pum ; terribili apud Reges terræ.

 Domine , salvum fac Regem : Et exaudi nos in
die quâ invocaverimus te.

DU PSEAUME XCV.

Le Prophéte invite toutes les Créatures à louer
JESUS-CHRIST *, qui doit juger les Peuples*
selon la juſtice.

Duo.   CANTATE Domino canticum novum;
                 cantate Domine omnis terra.
           Cantate Domino , & benedicite nomini
             ejus; annuntiate de die in diem ſalu-
             tare ejus.

Chœur.   Annuntiate inter gentes gloriam ejus, in
             omnibus populis mirabilia ejus.
           Quoniam magnus Dominus , & laudabilis
             nimis ; terribilis eſt ſuper omnes deos.

Dialo-   Confeſſio & pulchritudo in conſpectu
gue.   ejus , ſanctimonia & magnificentia in
             ſanctificatione ejus.
           Afferte Domino patriæ gentium , afferte
             Domino gloriam & honorem : afferte
             Domino gloriam nomini ejus.
           Tollite hoſtias , & introite in atria ejus:
             adorate Dominum in atrio ſancto ejus.

Chœur.   Commoveatur à facie ejus univerſa terra :
             dicite in gentibus , quia Dominus reg-
             navit.

Recit. Lætentur cœli, & exultet terra, commoveatur mare & plenitudo ejus; gaude-
bunt campi, & omnia quæ in eis funt.
Tunc exultabunt omnia ligna fylvarum à
facie Domini, quia venit judicare terram.

Chœur. Dicite in gentibus, quia Dominus regnavit.

Domine, falvum fac Regem : Et exaudi nos in
die quâ invocaverimus te.

DU PSEAUME CXLIII.

*David rend graces à Dieu, de ce qu'il jouit paisible-
ment de son Royaume, & le prie d'achever de lui
assujettir ses Peuples. Ce Pseaume convient aux
ames, qui par le secours de Dieu, ont dompté leurs
passions.*

Chœur.   BENEDICTUS Dominus Deus meus,
qui docet manus meas ad prælium,
& digitos meos ad bellum.

Recit de   Misericordia mea, & refugium meum;
Dessus.   susceptor meus, & liberator meus.

Protector meus, & in ipso speravi; qui
subdit populum meum sub me.

Duo.   Domine, quid est homo, quia innotuisti
ei? aut filius hominis, quia reputas
eum?

Homo vanitati similis factus est; die ejus
sicut umbra prætereunt.

Recit de   Domine, inclina cœlo tuos, & descende:
Basse-T.   tange montes, & fumigabunt.

Chœur.   Fulgura coruscationem, & dissipabis eos:
emitte sagittas tuas, & conturbabis eos.

Recit de Emitte manum tuam de alto; eripe me,
Baſſe-T.   & libera me de aquis multis; de manu
         filiorum alienorum.

         Quorum os locutum eſt vanitatem , &
         dextera eorum, dextera iniquitatis.

Recit & Deus canticum novum cantabo tibi; in
Chœur.   pſalterio decachordo pſallam tibi.

     Domine, ſalvum fac Regem : Et exaudi nos in
die quâ invocaverimus te.

P S E A U M E C X L I X.

Cantiques d'actions de graces pour les bienfaits accor-
dés à Ifrael ; c'eft-à-dire à l'Eglife.

Que JESUS-CHRIST *fauvera fon Peuple , & fe van-*
gera de fes ennemis.

Duo.   CANTATE Domino canticum no-
             vum ; laus ejus in Ecclefia Sanéto-
             rum.
            Lætetur Ifrael in eo qui fecit eum , & filii
             Sion exultent in Rege fuo.

Chœur. Laudent nomen ejus in choro , in tym-
             pano & pfalterio pfallant ei.

Recit de Quia beneplacitum eft Domino in po-
Taille.   pulo fuo , & exaltabit manfuetos in
             falutem.
            Exultabunt Sanéti in gloria , lætabuntur
             in cubilibus fuis.

Recit de Exaltationes Dei in gutture eorum; & gla-
Baffe-T.   dii ancipites in manibus eorum.
            Ad faciendam vindiétam in nationibus ,
            increpationes in populis,

Ad

Ad alligandos reges eorum in compedi-
bus , & nobiles eorum in manicis fer-
reis.

Chœur. Ut faciant in eis judicium confcriptum ,
gloria hæc eft omnibus fanctis ejus.

Domine , falvum fac Regem : Et exaudi nos in
die quâ invocaverimus te.

G

PSEAUME CX.

L'Église est l'assemblée des Saints où l'on doit louer Dieu de sa justice & de sa miséricorde, admirer les merveilles de sa grace & de sa gloire, recevoir sa nourriture spirituelle, & craindre le nom du Seigneur.

CONFITEBOR tibi, Domine, in toto corde meo ; in concilio justorum, & congregatione.

Magna opera Domini ; exquisita in omnes voluntates ejus.

Confessio & magnificentia opus ejus, & justitia ejus manet in seculum seculi.

Memoriam fecit mirabilium suorum, misericors & miserator Dominus : escam dedit timentibus se.

Memor erit in seculum testamenti sui : virtutem operum suorum annuntiabit populo suo.

Ut det illis hereditatem gentium : opera manuum ejus veritas & judicium.

Fidelia omnia mandata ejus, confirmata in seculum seculi, facta in veritate & æquitate.

Redemptionem mifit populo fuo ; mandavit in æternum teftamentum fuum.

Sanctum & terribile nomen ejus ; initium fapientiæ timor Domini.

Intellectus bonus omnibus facientibus eum ; laudatio ejus manet in feclum feculi.

Domine, falvum fac Regem : Et exaudi nos in die quâ invocaverimus te.

PSEAUME CXLVII.

*Le Prophéte exhorte l'Églife à louer Dieu dans
la vûe de tant de graces qu'il répand
fi abondamment fur elle.*

LAUDA Jerufalem, Dominum : lauda Deum tuum, Sion.

Quoniam confortavit feras portarum tuarum ; benedixit filiis tuis in te.

Qui pofuit fines tuos pacem, & adipe frumenti fatiat te.

Qui emittit eloquium fuum terræ , velociter currit fermo ejus.

Qui dat nivem ficut lanam, nebulam ficut cinerem fpargit.

Mittit cryftallum fuam ficut buccellas ; ante faciem frigoris ejus, quis fuftinebit.

Emittet verbum fuum, & liquefaciet ea : flabit fpiritus ejus , & fluent aquæ.

Qui annuntiat verbum fuum Jacob , juftitias & judicia fua Ifrael.

Non fecit taliter omni nationi , judicia fua non manifeftavit eis.

Domine , falvum fac Regem , &c.

PSEAUME CXXIX.

Le Prophéte demande à Dieu avec ardeur le pardon
de ses péchés, & s'en promet même la rédemption
par JESUS-CHRIST, *qu'il prédit devoir venir.*

DE profundis clamavi ad te Domine, Domine, exaudi vocem meam.

Fiant aures tuæ intendentes, in vocem deprecationis meæ.

Si iniquitates obfervaveris, Domine, Domine, quis fustinebit.

Quia apud te, propitiatio eft, & propter legem tuam fuftinui te, Domine.

Suftinuit anima mea in verbo ejus, fperavit anima mea in Domino.

A cuftodia matutina ufquè ad noctem, fperet Ifrael in Domino.

Qui apud Dominum mifericordia, & copiofa apud eum redemptio.

Et ipfe redimet Ifrael, ex omnibus iniquitatibus ejus.

MOTETS
DE M. BERNIER.

PSEAUME XLV.

De la fermeté d'une ame qui prend Dieu pour son appui.
Que l'Église qui est sa Cité sainte, étant soutenue
de sa présence, demeure inébranlable contre toutes
les violences qui l'attaquent.

Recit de
Haute-C. **D**EUS noster refugium & virtus :
adjutor in tribulationibus, quæ
invenerunt nos nimis.
Propterea non timebimus dum turbabitur
terra, & transferentur montes in cor
maris.

Chœur. Sonuerunt & turbatæ sunt aquæ eorum,
conturbati sunt montes in fortitudine
ejus.

Recit de Fluminis impetus lætificat civitatem Dei:
Dessus. sanctificavit tabernaculum suum Altis-
fimus.

Deus in medio ejus, non commovebitur:
adjuvabit eam Deus mane diluculo.

Chœur. Conturbatæ funt gentes, & inclinata funt
regna : dedit vocem fuam, mota eft
terra.

Dominus virtutum nobifcum ; fufceptor
nofter Deus Jacob.

Recit. Venite, & videte opera Domini, quæ
pofuit prodigia fuper terram : auferens
bella ufque ad finem terræ.

Arcum conteret, & confringet arma, &
fcuta comburet igni.

Vacate, & videte quoniam ego fum Deus:
exaltabor in gentibus, & exaltabor in
terra.

Chœur. Dominus virtutum nobifcum : fufceptor
nofter Deus Jacob.

Domine, falvum fac Regem : Et exaudi nos in
die quâ invocaverimus te.

PSFAUME CXLVII.

Le Prophéte exhorte l'Eglife à louer Dieu dans la
vûe des graces qu'il ne cesse de répandre
abondamment fur elle.

Recit &   LAUDA, Jerufalem, Dominum, lauda
P.Chœur.   Deum tuum, Sion.
Chœur.   Quoniam confortavit feras portarum tua-
         rum, benedixit filiis tuis in te.
Recit.   Qui pofuit fines tuos pacem, & adipe
         frumenti fatiat te.
Trio.   Qui emittit eloquium fuum terræ, velo-
         citer currit fermo ejus.
         Qui dat nivem ficut lanam, nebulam ficut
         cinerem fpargit.
Recit de Mittit cryftallum fuam ficut buccellas;
Deffus.   ante faciem frigoris ejus, quis fufti-
         nebit ?
         Emittet verbum fuum, & liquefaciet ea :
         flabit fpiritus ejus, & fluent aquæ.

                                  Qui

Recit de Qui annuntiat verbum ſuum Jacob ; juſti-
Baſſe-T. tias & judicia ſua Iſrael.
Chœur. Non fecit taliter omni nationi, & judicia
ſua non manifeſtavit eis.

Domine, ſalvum fac Regem : Et exaudi nos in
die quâ invocaverimus te.

DU PSEAUME CIII.

Réflexions sur la puissance & sur la grandeur de Dieu dans l'ordre de la nature, qui est une image parfaite de ce qu'il opere dans l'ordre de la grace, pour sanctifier ses Elus dans son Eglise, où il a soin de leur donner tout ce qui leur est nécessaire pour les conduire à lui.

Recit. BENEDIC anima mea Domino : Domine Deus meus, magnificatus es vehementer.

Chœur. Confessionem & decorem induisti : amictus lumine sicut vestimento.

Recit de Basse-T. Extendens cœlum sicut pellem : qui tegis aquis superiora ejus.

Qui ponis nubem ascensum tuum : qui ambulas super pennas ventorum.

Recit de Haute-C. Quam magnificata sunt opera tua Domine ! omnia in sapientiâ fecisti ; impleta est terra possessione tuâ.

Hoc mare magnum & spatiosum manibus ; illic reptilia quorum non est numerus.

Animalia pusilla cum magnis ; illic naves pertransibunt.

Chœur. Ab increpatione tua fugient : à voce tonitrui tui formidabunt.

Domine, salvum fac Regem : Et exaudi nos in die quâ invocaverimus te.

H ij

DU PSEAUME CXLVI.

Dieu n'a établie son Église, & ne lui communique
ses graces par JESUS-CHRIST, *que pour être*
glorifié des Hommes : Les Justes le louent sans
cesse ; & les Pêcheurs sont humiliés en ne
pouvant ni le bénir, ni le louer.

Recit & L AUDATE Dominum, quoniam bonus
P.Chœur. est psalmus : Deo nostro sit jucun-
         da, decoraque laudatio.

Chœur. Ædificans Jerusalem Dominus, disper-
        siones Israelis congregabit.

Recit de Qui sanat contritos corde, & alligat con-
Duo.   tritiones eorum.

        Qui numerat multitudinem stellarum : &
        omnibus eis nomina vocat.

Recit de Suscipiens mansuetos Dominus:humilians
Basse-T. autem peccatores usque ad terram.

Chœur. Præcinite Domino in confessione : psallite
        Deo nostro in cithara.

        Qui operit cœlum nubibus : & parat terræ
        pluviam.

Qui producit in montibus fœnum, & her-
bam fervituti hominum.

Recit de Non in fortitudine equi voluntatem ha-
Baſſe-T. bebit : nec in tibiis viri beneplacitum
erit ei.

Chœur. Beneplacitum eſt Domino ſuper timentes
eum, & in eis qui ſperant ſuper miſe-
ricordia ejus.

Domine, ſalvum fac Regem : Et exaudi nos in
die quâ invocaverimus te.

MOTETS

DE M. GERVAIS.

PSEAUME XCVII.

Exhortation à chanter les louanges de JESUS-CHRIST
qui s'eſt manifeſté à toute la terre.

De la joie qu'en reſſentent toutes les créatures.

Recit & **C**ANTATE Domino canticum novum;
Chœur. quia mirabilia fecit.
Recit de Salvavit ſibi dextera ejus, & brachium
Baſſe-T. ſanctum ejus.
Chœur. Notum fecit Dominus ſalutare ſuum; in
conſpectu gentium revelavit juſtitiam
ſuam.

Recordatus eſt miſericordiæ ſuæ, & veri-
tatis ſuæ domui Iſrael.

Viderunt omnes termini terræ, ſalutare
Dei noſtri.

Recit de Jubilate Deo omnis terra: cantate, & exul-
Deſſus. tate & pſallite.

Pſallite Domino in cithara, in cithara &
voce pſalmi, in tubis ductilibus, &
voce tubæ corneæ.

Chœur. Jubilate in conſpectu Regis Domini,
moveatur mare, & plenitudo ejus, or-
bis terrarum, & qui habitant in eo.

Recit de Flumina plaudent manu, ſimul montes
Baſſe-T. exultabunt à conſpectu Domini; quoniam venit judicare terram.

Chœur. Judicabit orbem terrarum in juſtitia, &
populos in æquitate.

Domine, ſalvum fac Regem: Et exaudi nos in
die quâ invocaverimus te.

PSEAUME LXXXIII.

L'Ame soupire en se souvenant de son exil, & souhaite de voir le Temple de Dieu, pour l'y adorer. Ce Pseaume est très-propre pour ceux qui soupirent vers le Ciel.

Recit de **Q**UAM dilecta tabernacula tua, Do-
Haute-C.   mine virtutum! concupiscit & deficit anima mea in atria Domini.

      Cor meum & caro mea exultaverunt in Deum vivum.

Chœur.   Etenim passer invenit sibi domum, & turtur nidum sibi, ubi ponat pullos suos.

Recit de Altaria tua, Domine virtutum, Rex meus
Dessus.   & Deus meus!

      Beati qui habitant in domo tua, Domine! in secula seculorum laudabunt te.

      Beatus vir cujus est auxilium abs te : ascensiones in corde suo disposuit in valle lacrymarum in loco quem posuit.

Recit de Etenim benedictionem dabit Legislator ;
Basse-T.   ibunt de virtute in virtutem : videbitur Deus deorum in Sion.

                      Domine

Domine Deus virtutum exaudi orationem
meam, auribus percipe, Deus Jacob.

Protector noster, aspice, Deus, & respice
in faciem Christi tui.

Quia melior est dies una in atriis tuis,
super millia.

Elegi abjectus esse in domo Dei mei, ma-
gis quàm habitare in tabernaculis peccatorum.

Quia misericordiam & veritatem diligit
Deus gratiam & gloriam dabit Dominus.

Chœur. Non privabit bonis eos qui ambulant in
innocentia; Domine virtutum, beatus
homo qui sperat in te ?

Domine, salvum fac Regem : Et exaudi nos in
die quâ invocaverimus te.

I

PSEAUME CXXVII.

*Celui qui craint & aime Dieu, est comblé de toutes
sortes de biens spirituels en cette vie & en l'autre,
ce qui le rend parfaitement heureux.*

Recit.   **B**EATI omnes qui timent Dominum,
             qui ambulant in viis ejus.

Chœur. Labores manuum tuarum quia manduca-
          bis ; beatus es , benè tibi erit.

Recit.   Uxor tua sicut vitis abundans, in lateribus
          domus tuæ.

          Filii tui sicut novellæ olivarum, in circui-
          tu mensæ tuæ.

Chœur. Ecce sic benedicitur homo qui timet Do-
          minum.

Petit   Benedicat tibi Dominus ex Sion, & videas
Chœur.   bona Jerusalem omnibus diebus vitæ
          tuæ.

Chœur. Et videas filios filiorum tuorum , pacem
          super Israel.

  Domine, salvum fac Regem : Et exaudi nos in
die quâ invocaverimus te.

PSEAUME XCIX.

*La pureté & la sainteté produisent la vraie joie de
l'ame : Elle rend à Dieu de continuelles actions
de graces des biens qu'elle en a reçus.*

Duo & JUBILATE Deo omnis terra : fervite
Chœur. Domino in lætitia.
Introite in conspectu ejus , in exultatione.
Recit de Scitote quoniam Dominus ipfe eft Deus,
Baffe-C. ipfe fecit nos, & non ipfi nos.
Recit de Populus ejus , & oves pafcuæ ejus ; in-
Haute-C. troite portas ejus in confeffione , atria
ejus in hymnis, confitemini illi.
Chœur. Laudate nomen ejus , quoniam fuavis eft
Dominus ; in æternum mifericordia
ejus, & ufquè in generationem & gene-
rationem veritas ejus,

Domine, falvum fac Regem : Et exaudi nos in
die quâ invocaverimus te.

I ij

DU PSEAUME CXXXVI.

Gémiſſemens des Saints & des Elus ſur la terre.
Ils ſont incapables de prendre part aux vaines
joies de Babylone, c'eſt-à-dire du monde : ils s'y
voyent toujours captifs, exilés, perſécutés ; ils
ne ſe conſolent que par le ſouvenir de la ſainte
Jeruſalem leur mere ; & leur patrie eſt le Ciel.
Ils invoquent ſans ceſſe & béniſſent JESUS-CHRIST
leur Liberateur.

Chœur.　SUPER flumina Babilonis, illìc ſedimus
　　　　　& flevimus ; cum recordaremur Sion.

Recit.　In ſalicibus in medio ejus, ſuſpendimus
　　　　organa noſtra ;

　　　　Quia illìc interrogaverunt nos, qui capti-
　　　　vos duxerunt nos ; verba cantionum.

Chœur.　Et qui abduxerunt nos ; Hymnum cantate
　　　　nobis de canticis Sion.

　　　　Quomodo cantabimus canticum Domini ;
　　　　in terra aliena ?

Recit de Memor efto , Domine , filiorum Edom ,
Baffe-T. in die Jerufalem.

Chœur. Qui dicunt : Exinanite , exinanite ufquè
ad fundamentum in ea.

Domine , falvum fac Regem : Et exaudi nos in
die quâ invocaverimus te.

MOTETS
DE M. MADIN.

DU PSEAUME XVII.

L'ame rend graces à Dieu, qui l'a delivrée des dou-
leurs de la mort & des torrens de l'iniquité : Elle
l'adore comme le Sauveur des humbles, & l'ennemi
des superbes. Elle lui demande qu'il éclaire ses
ténèbres. Elle reconnoît que c'est lui qui conduit ses
pas, & qu'il est toute sa force.

Recit de DILIGAM te, Domine, fortitudo mea:
Dessus.   Dominus firmamentum meum ,
        & refugium meum , & liberator
        meus.
    Deus meus adjutor meus , & sperabo in
    eum.

Protector meus, & cornu salutis meæ, &
   suſceptor meus.

Chœur. Laudans invocabo Dominum : & ab inimicis meis ſalvus ero.

Recit de In tribulatione mea invocavi Dominum :
Baſſe-T.   & ad Deum meum clamavi.

Et exaudivit de templo ſancto ſuo vocem
   meam, & clamor meus in conſpectu
   ejus, introivit in aures ejus.

Chœur. Commota eſt, & contremuit terra, fundamenta montium conturbata ſunt, &
   commota ſunt, quoniam iratus eſt eis.

Aſcendit fumus in ira ejus, & ignis à facie
   ejus exarſit, carbones ſuccenſi ſunt
   ab eo.

Duo. Inclinavit cœlos & deſcendi, & caligo ſub
   pedibus ejus.

Et aſcendi ſuper Cherubim & volavit;
   volavit ſuper pennas ventorum.

Chœur. Propterea confitebor tibi, Domine in nationibus & nomini tuo pſalmum dicam.

Domine, ſalvum fac Regem : Et exaudi nos in
die quâ invocaverimus te.

DU PSEAUME XX.

Dieu est la joie & la force de ceux qui le servent,
il les prévient par sa grace & sa miséricorde,
les rend fermes & inébranlables.

Recit &   **D**OMINE, in virtute tua lætabitur Rex;
Chœur.   & super salutare tuum exultabit
       vehementer.

Recit.   Desiderium cordis ejus tribuisti ei : & vo-
       luntate labiorum ejus non fraudasti
       eum.

       Quoniam prævenisti eum in benedictio-
       nibus dulcedinis : posuisti in capitate
       ejus coronam de lapide pretioso.

       Vitam petiit à te , & tribuisti ei longitu-
       dinem dierum in seculum , & in secu-
       lum seculi.

Chœur.   Magna est gloria ejus in salutari tuo : glo-
       riam & magnum decorem impones su-
       per eum.

                                    Quoniam

Recit de Quoniam dabis eum in benedictionem
Haute-C.   in feculum feculi : lætificabis eum in
        gaudio cum vultu tuo.

Recit de Inveniatur manus tua omnibus inimicis
Baſſe-T.   tuis, dextera tua inveniat omnes qui te
        oderunt.

        Pones eos ut clibanum ignis in tempore
        vultus tui : Dominus in ira fua contur-
        babit eos, & devorabit eos ignis.

        Fruçtum eorum de terra perdes : & femen
        eorum à filiis hominum.

Chœur. Exaltare, Domine, in virtute tua : canta-
        bimus & pfallemus virtutes tuas.

Domine, falvum fac Regem : Et exaudi nos in
die quâ invocaverimus te.

K

DU PSEAUME XV.

Dieu n'a pas besoin de nos biens ; il est le partage de ceux qui le craignent : Celui qui se tient toujours en sa présence est inébranlable ; il a dès ici-bas, la joie dans le cœur, & il en espere une éternelle dans le ciel.

Recit de Basse-T. CONSERVA me, Domine, quoniam speravi in te : dixi Domino, Deus meus es tu, quoniam bonorum meorum non eges.

Chœur. Sanctis, qui sunt in terra ejus, mirificavit omnes voluntates meas in eis.

Recit de Haute-C. Dominus pars hereditatis meæ, & calicis mei : tu es, qui restitues hereditatem meam mihi.

Recit de Dessus. Funes ceciderunt mihi in præclaris ; etenim hereditas mea præclara est mihi.

Providebam Dominum in conspectu meo semper, quoniam à dextris est mihi, ne commovear.

Propter hoc lætatum est cor meum, & exultavit lingua mea, insuper & caro mea requiescet in spe.

Chœur. Notas mihi fecisti vias vitæ : adimplebis
me lætitia cum vultu tuo , delectationes
in dextera tua usque in finem.

Domine , salvum fac Regem : Et exaudi nos in
die quâ invocaverimus te.

DU PSEAUME LXVII.

Le Prophéte chante dans ce Pseaume la victoire de
JESUS-CHRIST *& de l'Église sur ses ennemis.*
Il prédit que JESUS-CHRIST *montera au ciel ,*
& que de-là , il envoyera ses Apôtres dans tout
le monde. Priere pour l'Église contre ses ennemis.;
Pluie volontaire ; Sommeil des Justes.

Recit & EXURGAT Deus , & dissipentur inimici
Chœur. ejus ; & fugiant , qui oderunt eum,
à facie ejus.

Sicut deficit fumus , deficiant ; sicut fluit
cera à facie ignis , sic pereant peccatores à facie Dei.

Trio. Et justi epulentur, & exultent in conspectu
Dei ; & delectentur in lætitia.

Recit de Cantate Deo, psalmum dicite nomini ejus:
Haute-C. iter facite ei qui ascendi super occasum ; Dominus nomen illi.

Chœur. Regna terræ , cantate Deo ; psallite Domino.

Pfallite Deo, qui afcendit fuper cælum
cœli ad orientem.

Duo. Date gloriam Deo fuper Ifrael, magnificentia ejus, & virtus ejus in nubibus.

Chœur. Mirabilis Deus in fanctis fuis; Deus Ifrael
ipfe dabit virtutem & fortitudinem plebi
fuæ: benedictus Deus.

Domine, falvum fac Regem: Et exaudi nos in
die quâ invocaverimus te.

PSEAUME LXXV.

Defcription de l'Églife fous le nom de Sion: Jugement de Dieu; Salut des humbles; Actions de graces; Sainteté des vœux.

Recit. Notus in Judæa Deus : in Ifrael magnum nomen ejus.

Et factus eft in locus ejus ; & habitatio
ejus in Sion.

Chœur. Ibì confregit potentias arcuum , fcutum ,
gladium & bellum.

Recit. Illuminas tu mirabiliter à montibus æternis : turbati funt omnes infipientes
corde.

Duo. Dormierunt fomnum fuum , & nihil invenerunt omnes viri divitiarum in manibus fuis.

Ab increpatione tua , Deus Jacob , dormitaverunt qui afcenderunt equos.

Chœur. Tu terribilis es , & quis refidet tibi ? ex
tunc ira tua,

Recit de De cœlo auditum fecisti judicium : terra
Baſſe-T.   tremuit & quievit.

Cum exurgeret in judicium Deus , ut
ſalvos faceret omnes manſuetos terræ.

Quoniam cogitatio hominis confitebitur
tibi , & reliquiæ cogitationis diem feſ-
tum agent tibi.

Vovete , & reddite Domino Deo veſtro ,
omnes qui in circuitu ejus affertis munera.

Chœur.   Terribili , & ei qui aufert ſpiritum princi-
pum ; terribili apud Reges terræ.

Domine , ſalvum fac Regem : Et exaudi nos in
die quâ invocaverimus te.

DU PSEAUME LXXXII.

Conspiration de tous les Peuples contre l'Église pour l'anéantir. Le Prophete prie Dieu de dissiper leurs desseins, & de les couvrir de confusion.

Recit de D Eus, qui similis erit tibi ; ne taceas,
Basse-T.   neque compescaris, Deus.
Chœur.   Quoniam ecce inimici tui sonuerunt ; &
         qui oderunt te extulerunt caput.
         Super populum tuum malignaverunt con-
         silium & cogitaverunt adversus sanctos
         tuos.
         Dixerunt : Venite, & disperdamus eos de
         gente, & non memoretur nomen Israel
         ultrà.
Recit de Deus meus, pone illos ut rotam, & sicut
Haute-C. stipulam ante faciem venti.
Chœur.   Sicut ignis qui comburit silvam : & sicut
         flamma comburens montes.
Trio.   Ita persequeris illos in tempestate tua, &
         in ira tua turbabis eos.
Chœur.   Imple facies eorum ignominiâ, & quærent
         nomen tuum, Domine,

                         Erubescant,

Erubefcant, & conturbentur, in feculum
feculi ; & confundantur , & pereant.
Et cognofcant quia nomen tibi, Dominus : tu folus altiffimus in omni terra.

Domine, falvum fac Regem : Et exaudi nos in
die quâ invocaverimus te.

L

DU PSEAUME XCVI.

*Le Prophete exhorte les Hommes & les Anges à
venir adorer Dieu , qui doit un jour
confondre les Idoles.*

Chœur.   **D**OMINUS regnavit exultet terra, lætentur infulæ multæ.

Recit de Nubes & caligo in circuitu ejus, juftitia,
Haute-C. & judicium correctio fedis ejus.

Ignis ante ipfum præcedet, & inflammabit in circuitu inimicos ejus.

Chœur. Illuxerunt fulgura ejus orbi terræ : vidit,
& commota eft terra.

Recit de Annuntiaverunt cœli juftitiam ejus ; &
Baffe-T. viderunt omnes populi gloriam ejus.

Confundantur omnes qui adorant fcul-
ptilia , & qui gloriantur in fimulacris
fuis.

Adorate eum omnes Angeli ejus : audivit, & lætata eft Sion.

Et exultaverunt filiæ Judæ, propter judicia tua, Domine.

Chœur. Lux orta est justo , & rectis corde lætitia.

Lætamini justi in Domino , & confitemini
memoriæ sanctificationis.

Domine, salvum fac Regem : Et exaudi nos in
die quâ invocaverimus te.

PSEAUME XVII.

*On invite toutes les Créatures à louer Dieu, de ce
qu'il a donné son Fils aux hommes, pour
juger justement la terre.*

Recit &   CANTATE Domino canticum novum;
Chœur.   quia mirabilia fecit.

Recit.   Salvavit sibi dextera ejus , & brachium
          sanctum ejus.

Chœur.   Notum fecit Dominus salutare suum ; in
          conspectu gentium revelavit justitiam
          suam.

Recit de   Recordatus est misericordiæ suæ , & veri-
Basse-T.   tatis suæ domui Israel.

          Viderunt omnes termini terræ , salutare
          Dei nostri.

Petit   Jubilate Deo omnis terra : cantate , &
Dialog.   exultate & psallite.

          Psallite Domino in cithara, in cithara &
          voce psalmi , in tubis ductilibus , &
          voce tubæ corneæ.

Duo.   Jubilate in conspectu Regis Domini ,
          moveatur mare , & plenitudo ejus, or-
          bis terrarum , & qui habitant in eo.

Chœur. Flumina plaudent manu, simul montes
exultabunt à conspectu Domini; quoniam venit judicare terram.
Judicabit orbem terrarum in justitia, &
populos in æquitate.

Domine, salvum fac Regem : Et exaudi nos in
die quâ invocaverimus te.

P S E A U M E CXLVII.

*Le Prophéte invite ici le Ciel & la Terre, les Hommes
& les Anges à s'unir enfemble pour louer Dieu.*

Recit.   LAUDA, Jerufalem, Dominum; lauda
Deum tuum, Sion.

Chœur.   Quoniam confortavit feras portarum tuarum ; benedixit filiis tuis in te.

Recit.   Qui pofuit fines tuos pacem ; & adipe
frumenti fatiat te.

Trio.   Qui emittit eloquium fuum terræ, velociter currit fermo ejus.

Qui dat nivem ficut lanam, nebulam
ficut cinerem fpargit.

Recit.   Mittit criftallum fuam ficut bucellas: ante
faciem frigoris ejus quis fuftinebit ?

Emittet verbum fuum, & liquefaciet ea ;
flabit fpiritus ejus, & fluent aquæ.

Chœur.   Qui annuntiat verbum fuum Jacob, juftitias & judicia fua Ifrael.

Non fecit taliter omni nationi : & judicia fua non manifeftavit eis.

Domine, falvum fac Regem : Et exaudi nos in
die quâ invocaverimus te.

PSEAUME III.

Priere pour une ame qui se trouve inquietée par ses ennemis, & qui appelle Dieu à son secours, en reconnoissant qu'il n'y a que lui seul qui puisse la sauver.

Recit de Basse-T. DOMINE, quid multiplicati sunt qui tribulant me; multi insurgunt adversùm me.

Chœur. Multi dicunt animæ meæ, non est salus ipsi in Deo ejus.

Tu autem, Domine, susceptor meus es : gloria mea, & exaltans caput meum.

Voce mea ad Dominum clamavi, & exaudivit me de monte sancto suo.

Recit. Ego dormivi, & soporatus sum, & exurrexi, quia Dominus suscepit me.

Non timebo millia populi circumdantis me : exurge, Domine, salvum me fac, Deus meus.

Chœur. Quoniam tu percussisti omnes adversantes mihi sine causa : dentes peccatorum contrivisti.

Domini est salus, & super populum tuum benedictio tua.

Domine, salvum fac Regem, &c.

DU PSEAUME CIII.

*Excellente description de la grandeur & de la toute-
puiſſance de Dieu, qui reluit de toute part dans la
beauté de ſes ouvrages. Combien toutes les créatures
ont beſoin du ſecours continuel de Dieu.*

Recit. BENEDIC anima mea Domino: Domine Deus meus, magnificatus es vehementer.

Confeſſionem & decorem induiſti, amictus lumine ſicut veſtimento.

Extendens cœlum ſicut pellem, qui tegis
aquis ſuperiora ejus.

Chœur. Qui ponis nubem aſcenſum tuum, qui
ambulas ſuper pennas ventorum.

P.Chœur. Qui facis angelos tuos ſpiritus : & miniſ-
tros tuos, ignem urentem.

Recit. Qui fundaſti terram ſuper ſtabilitatem
ſuam ; non inclinabitur in ſeculum
ſeculi.

Abyſſus, ſicut veſtimentum, amictus ejus:
ſuper montes ſtabunt aquæ.

Chœur. Ab increpatione tua fugient à voce tonitrui tui formidabunt.

Domine, ſalvum fac Regem, &c.

PSEAUME

PSEAUME CL.

*Le Prophéte invite toutes les créatures raifonnables
à louer Dieu fur toutes fortes d'inftrumens
de Mufique.*

Recit & **L**AUDATE Dominum in fanctis ejus :
Chœur. laudate eum in firmamento virtutis ejus.

Recit de Laudate eum in virtutibus ejus : laudate
Baffe-T. eum fecundùm multitudinem magnitudinis ejus.

Chœur. Laudate eum in fono tubæ : laudate eum
in pfalterio & cithara.

Recit de Laudate eum in tympano & choro : lau-
Haute-C. date eum in chordis & organo.

Chœur. Laudate eum in cymbalis benefonantibus;
laudate eum in cymbalis jubilationis;
omnis fpiritus laudet Dominum.

Domine, falvum fac Regem : Et exaudi nos in
die quâ invocaverimus te.

M

P S E A U M E C X X I.

Louanges de l'Église, à cause de l'union de tous ses membres, le Prophete releve sa piété & sa justice, & lui souhaite mille biens.

Recit.   LÆTATUS sum in his quæ dicta sunt mihi : in domum Domini ibimus.

Chœur.   Stantes erant pedes nostri in atriis tuis, Jerusalem.

Recit.   Jerusalem quæ ædificatur ut civitas, cujus participatio ejus in idipsum.

Duo.   Illùc enim ascenderunt tribus, tribus Domini ; testimonium Israel ad confitendum nomini Domini.

Quia illic sederunt sedes in judicio, sedes super domum David.

P.Chœur. Rogate quæ ad pacem sunt Jerusalem, & abundantia diligentibus te.

Chœur.   Fiat pax in virtute tua , & abundantia in turribus tuis.

Recit   Propter fratres meos & proximos meos,
          loquebar pacem de te.

Chœur.   Propter domum Domini Dei noſtri, quæ-
          ſivi bona tibi.

Domine, ſalvum fac Regem: Et exaudi nos in
die quâ invocaverimus te.

DU PSEAUME VII.

David prie Dieu de le défendre de ses ennemis : Il reconnoît qu'il seroit indigne de sa grace, s'il avoit rendu le mal pour le mal. Dieu est l'appui des bons : Le mal retombe sur celui qui le fait.

Recit. DOMINE Deus meus, in te speravi : salvum me fac ex omnibus persequentibus me, & libera me.

Recit. Nequando rapiat ut leo animam meam, dum non est qui redimat, neque qui salvum faciat.

Chœur. Exurge, Domine, in ira tua, & exaltare in finibus inimicorum meorum.

P.Chœur. Justum adjutorium meum à Domino, qui salvos facit rectos corde.

Chœur. Deus judex justus, fortis, & patiens : numquid irascitur per singulos dies.

Nisi conversi fueritis, gladium suum vibrabit : arcum suum tetendit, & paravit illum.

Duo. Et in eo paravit vaſa mortis ; ſagittas ſuas ardentibus effecit.

Chœur. Confitebor Domino ſecundùm juſtitiam ejus, & pſallam nomini Domini altiſſimi.

Domine, ſalvum fac Regem : Et exaudi nos in die quâ invocaverimus te.

D U P S E A U M E LXXX.

*Le Prophéte invite Ifrael à louer Dieu dans les Fêtes
folemnelles. Il fait voir avec quelle bonté Dieu
choifit d'abord les Juifs pour être fon peuple ; &
que n'ayant point voulut obéir, il les a livrés à
l'égarement de leur cœur.*

Recit. EXULTATE Deo adjutori noftro : jubilate Deo Jacob.

Chœur. Sumite pfalmum, & date tympanum ; pfal-
terium jucundum cum cithara.

Buccinate in neomenia tuba, in infigni
die folemnitatis veftræ.

Recit de Audi, populus meus, & conteftabor te :
Baffe-T. Ifrael, fi audieris me, non erit in te
Deus recens, neque adorabis Deum
alienum.

Ego enim fum Dominus Deus tuus, qui
eduxi te de terrâ Ægypti : bilata os
tuum, & implebo illud.

Recit de Inimici Domini mentiti funt ei, & erit
Haute-C.   tempus eorum in fecula.
Chœur.   Et cibavit eos ex adipe frumenti, & de
            petra melle faturavit eos.

Domine, falvum fac Regem : Et exaudi nos in
die quâ invocaverimus te.

PSEAUME XCIV.

Excellente exhortation à louer & à adorer Dieu; à le reconnoître pour le Seigneur & le Roi de tout le monde; & à n'être pas endurcis à sa voix, comme l'ont été les Juifs que Dieu a rejettés du repos de son Royaume.

Recit & Chœur. VENITE, exultemus Domino, jubilemus Deo salutari nostro.
Præoccupemus faciem ejus in confessione, & in psalmis jubilemus ei.

Recit de Basse-T. Quoniam Deus magnus Dominus, & Rex magnus super omnes Deos.
Quoniam non repellet Dominus plebem suam, quia in manu ejus sunt omnes fines terræ, & altitudines montium ipse conspicit.
Quoniam ipsius est mare, & ipse fecit illud, & aridam fundaverunt manus ejus.

Chœur en Dialog. Venite, adoremus & procidamus ante Deum; ploremus coram Domino qui fecit nos : quia ipse est Dominus Deus noster.

Nos

Nos autem populus ejus , & oves pascuæ ejus.

Recit de Haute-C. Hodie si vocem ejus audieritis , nolite obdurare corda vestra.

Sicut in exacerbatione , secundùm diem tentationis in deserto , ubi tentaverunt me patres vestri , probaverunt & viderunt opera mea.

Quadraginta annis proximus fui generationi huic , & dixi : Semper hi errant corde.

Chœur. Ipsi vero non cognoverunt vias meas : quibus juravi in ira mea , si introibunt in requiem meam.

Domine , salvum fac Regem : Et exaudi nos in die quâ invocaverimus te.

N

DU PSEAUME XLIX.

Le Prophéte écrit l'apparition effroyable de Dieu comme Juge : Dieu n'a que faire des sacrifices des bêtes ; il demande de nous un sacrifice de louanges.

Recit. DEus, Deorum Dominus locutus est, & vocavit terram.

A solis ortu usque ad occasum ; ex Sion, species decoris ejus.

Chœur. Deus manifestè veniet : Deus noster, & non silebit.

Ignis in conspectu ejus exardescet, & in circuitu ejus tempestas valida.

Recit. Advocabit cœlum desursùm, & terram discernere populum suum.

Duo. Congregate illi sanctos ejus, qui ordinant testamentum ejus super sacrificia.

Recit. Immola Deo facrificium laudis, & redde
Altiffimo vota tua.

Chœur. Sacrificium laudis honorificabit me, illìc
iter quo oftendam illi falutare Dei.

Domine, falvum fac Regem: Et exaudi nos in
die quâ invocaverimus te.

PSEAUME CXI.

Que tous ceux qui craignent Dieu feront heureux:
Que les impies feront miférables,
& périront.

Recit. BEATUS vir qui timet Dominum : in mandatis ejus volet nimis.

Chœur. Potens in terra erit femen ejus : generatio rectorum benedicetur.

P.Chœur. Gloria & divitiæ in domo ejus ; & juftitia ejus manet in feculum feculi.

Recit. Exortum eft in tenebris lumen rectis , mifericors & miferator , & juftus.

Jucundus homo qui miferetur & commodat , difponet fermones fuos in judicio , quia in æternum non commovebitur.

Chœur. In memoria æterna erit juftus ; ab auditione mala non timebit.

Duo. Paratum cor ejus fperare in Domino , confirmatum eft cor ejus , non commovebitur donec defpiciat inimicos fuos.

Difperfit, dedit pauperibus, juftitia ejus
manet in feculum feculi ; cornu ejus
exaltabitur in gloria.

Chœur. Peccator videbit & irafcetur , dentibus
fuis fremet & tabefcet ; defiderium peccatorum peribit.

Domine , falvum fac Regem : Et exaudi nos in
die quâ invocaverimus te.

PSEAUME CX.

Le Prophéte loue Dieu des graces qu'il a faites à l'Eglife.

De la grandeur de fon faint Nom.

Recit de Taille. CONFITEBOR tibi , Domine , in toto corde meo ; in concilio juftorum, & congregatione.

Chœur. Magna opera Domini ; exquifita in omnes voluntates ejus.

Recit de Baffe-T. Confeffio & magnificentia opus ejus ; & juftitia ejus manet in feculum feculi.

Memoriam fecit mirabilium fuorum , mifericors & miferator Dominus : efcam dedit timentibus fe.

Chœur. Memor erit in feculum teftamenti fui : virtutem operum fuorum annuntiabit populo fuo.

Ut det illis hæreditatem gentium : opera manuum ejus veritas & judicium.

Recit de Haute-C. Fidelia omnia mandata ejus , confirmata in feculum feculi , facta in veritate & æquitate.

Redemptionem miſit populo ſuo ; mandavit in æternum teſtamentum ſuum.

Trio.   Sanctum & terribile nomen ejus; initium ſapientiæ timor Domini.

Chœur. Intellectus bonus omnibus facientibus eum ; laudatio ejus manet in ſeculum ſeculi.

Domine, ſalvum fac Regem : Et exaudi nos in die quâ invocaverimus te.

P S E A U M E II.

Que c'eſt envain que les hommes, & principalement les Rois & les Princes de la terre, s'oppoſent au Royaume de JESUS-CHRIST, *puiſque c'eſt lui qui a été établi par Dieu ſon Pere, pour être le Roi de tout le monde. Excellente exhortation aux Rois.*

Chœur,   QUARE fremuerunt gentes, & populi meditati ſunt inania.

Aſtiterunt Reges terræ, & Principes convenerunt in unum, adversùs Dominum, & adversùs Chriſtum ejus.

Dirumpamus vincula eorum, & projiciamus à nobis jugum ipſorum.

Recit de Baſſe-T.   Qui habitat in cœlis, irridebit eos, & Dominus ſubſannabit eos.

Tunc loquetur ad eos in ira ſua, & in furore ſuo conturbabit eos.

Recit.   Ego autem conſtitutus ſum Rex ab eo ſuper Sion montem ſanctum ejus, prædicans præceptum ejus.

Dominus dixit ad me, Filius meus es tu, ego hodie genui te.

Poſtula

Poſtula à me, & dabo tibi gentes hereditatem tuam, & poſſeſſionem tuam ter-
  · minos terræ.

Chœur. Reges eos in virga ferrea, & tanquam vas
  figuli confringes eos.

Recit. Et nunc Reges intelligite, erudimini qui
  judicatis terram.

Servite Domino in timore, & exultate ei
  cum tremore.

Apprehendite diſciplinam, nequando iraſ-
  catur Dominus, & pereatis de via juſta.

Chœur. Cum exarſerit in brevi ira ejus ; beati omnes qui confidunt in eo.

Domine, ſalvum fac Regem : Et exaudi nos in
die quâ invocaverimus te.

O

PSEAUME XLV.

De la fermeté d'une ame qui prend Dieu pour son
appui. Que l'Église, qui est sa Cité sainte, étant
soutenue de sa présence , demeure inébranlable
contre toutes les violences qui l'attaquent.

Duo de　**D**EUS noster refugium & virtus : adju-
Basse-T.　　torin tribulationibus, quæ invene-
　　　　　　runt nos nimis.

Chœur.　Proptereà non timebimus dum turbabitur
　　　　terra , & transferentur montes in cor
　　　　maris.

　　　　Sonuerunt & turbatæ sunt aquæ eorum,
　　　　conturbatæ sunt montes in fortitudine
　　　　ejus.

Recit.　Fluminis impetus lætificat civitatem Dei :
　　　　sanctificavit tabernaculum suum Altis-
　　　　simus.

　　　　Deus in medio ejus, non commovebitur:
　　　　adjuvabit eam Deus manè diluculo.

Chœur.　Conturbatæ sunt gentes , & inclinata sunt
　　　　regna : dedit vocem suam , mota est
　　　　terra.

Dominus virtutum nobifcum ; fufceptor
noſter Deus Jacob.

Recit. Venite, & videte opera Domini, quæ
poſuit prodigia ſuper terram : auferens
bella uſque ad finem terræ.

Trio. Arcum conteret, & confringet arma, &
ſcuta comburet igni.

Vacate, & videte quoniam ego ſum Deus :
exaltabor in gentibus, & exaltabor in
terra.

Chœur. Dominus virtutum nobiſcum, fufceptor
noſter Deus Jacob.

Domine, ſalvum fac Regem : Et exaudi nos in
die quâ invocaverimus te.

O ij

P S E A U M E   CIX.

Prophétie de la suprême grandeur de JESUS-CHRIST;
*Qu'il sera elevé à la droite de son Pere : Que son
Royaume commencera à s'établir sur la terre par
la Judée : Qu'il sera éternellement Prêtre selon
l'ordre de Melchisedech.*

Recit.   **D**IXIT Dominus, Domino meo : Sede
à dextris meis.

Donec ponam inimicos tuos, scabellum
pedum tuorum.

Chœur.   Virgam virtutis tuæ emittet Dominus ex
Sion : dominare in medio inimicorum
tuorum.

Recit.   Tecum principium in die virtutis tuæ in
splendoribus sanctorum : ex utero ante
luciferum genui te.

Juravit Dominus, & non pœnitebit eum :
Tu es Sacerdos in æternum secundùm
ordinem Melchisedech.

Chœur.   Dominus à dextris tuis, confregit in die
iræ suæ reges.

Duo. Judicabit in nationibus, implebit ruinas;
conquaſſabit capita in terra multorum.
De torrente in via bibet : propterea exaltabit caput.

Domine, ſalvum fac Regem : Et exaudi nos in
die quâ invocaverimus te.

P S E A U M E CXXIX.

Le Prophéte demande à Dieu avec ardeur le pardon
de fes péchés, & s'en promet même la rédemption
par JESUS-CHRIST *, qu'il prédit devoir venir.*
Le rappel des Juifs eft prédit par ces paroles ;
» *Il rachetera lui-même Ifrael & le délivrera de*
» *tous fes péchés.*

Chœur.   DE profundis clamavi ad te , Domine , Domine , exaudi vocem
meam.

Recit.   Fiant aures tuæ intendentes , in vocem
deprecationis meæ.

Si iniquitates obfervaveris , Domine ,
Domine , quis fuftinebit.

Recit.   Quia apud te , propitiatio eft, & propter
legem tuam fuftinuit te , Domine.

Suftinuit anima mea in verbo ejus, fperavit anima mea in Domino.

Chœur.   A cuftodia matutina ufquè ad noctem ,
fperet Ifrael in Domino.

Quia apud Dominum mifericordia , &
copiofa apud eum redemptio.

Et ipfe redimet Ifrael, ex omnibus iniquitatibus.

Domine, falvum fac Regem : Et exaudi nos in
die quâ invocaverimus te.

HYMNE DE SAINT AMBROISE
ET DE SAINT AUGUSTIN.

TE Deum laudamus : Te Dominum confite-
mur.

Te æternum patrem : omnis terra veneratur.

Tibi omnes Angeli : Tibi cœli, & universæ potestates.

Tibi Cherubim & Seraphim : incessabili voce proclamant.

Sanctus, Sanctus, Sanctus : Dominus Deus Sabahot.

Pleni sunt cœli & terra : majestatis gloriæ tuæ.

Te gloriosus : Apostolorum chorus.

Te prophetarum : laudabilis numerus.

Te Martyrum candidatus : laudat exercitus.

Te per orbem terrarum : sancta confitetur Ecclesia.

Patrem : immensæ majestatis.

Venerandum tuum verum : & unicum Filium.

Sanctum quoque paracletum Spiritum.

Tu Rex gloriæ : Christe.

Tu Patris : sempiternus es Filius.

Tu ad liberandum suscepturus hominem : non horruisti Virginis uterum.

Tu

Tu , devicto mortis aculeo , aperuisti credentibus regna cœlorum.

Tu ad dexteram Dei sedes , in gloria Patris.

Judex crederis esse venturus.

Te ergo , quæsumus , famulis tuis subveni , quos pretioso sanguine redemisti.

Æterna fac cum sanctis tuis, in gloria numerari.

Salvum fac populum tuum , Domine , & benedic hæreditati tuæ.

Et rege eos , & extolle illos usque in æternum.

Per singulos dies benedicimus te.

Et laudamus nomen tuum in seculum , & in seculum seculi.

Dignare , Domine , die isto sine peccato nos custodire.

Miserere nostri , Domine , miserere nostri.

Fiat misericordia tua , Domine , super nos ; quemadmodum speravimus in te.

In te , Domine , speravi , non confundar in æternum.

Domine, salvum fac Regem : Et exaudi nos in die quâ invocaverimus te.

P

DU PSEAUME LXXVIII.

C'est le propre des Méchans de persécuter les Élus;
l'Ame demande à Dieu qu'il convertisse les uns
& qu'il soutienne les autres.

DEus, venerunt gentes in hæreditatem tuam, polluerunt templum sanctum tuum, posuerunt Jerusalem in pomorum custodiam.

Posuerunt morticina servorum tuorum escas volatilibus cœli , carnes sanctorum tuorum bestiis terræ.

Facti sumus opprobrium vicinis nostris , subsannatio & illusio his qui in circuitu nostro sunt.

Usquequò , Domine , irasceris in finem ? accendetur velut ignis zelus tuus ?

Effunde iram tuam in gentes quæ te non noverunt ; & in regna quæ nomen tuum non invocaverunt.

Ne memineris iniquitatum nostrarum antiquarum ; citò anticipent nos misericordiæ tuæ , quia pauperes facti sumus nimis.

Adjuva nos Deus , salutaris noster , & propter gloriam nominis tui , Domine , libera nos : & proprius esto peccatis nostris , propter nomen tuum.

Nos autem populus tuus , & oves pascuæ tuæ , confitebimur tibi in seculum.

In generationem & generationem , annuntiabimus laudem tuam.

Domine, salvum fac Regem: Et exaudi nos in die quâ invocaverimus te.

MOTETS

CHOISIS

DE DIFFÉRENS AUTEURS.

PSEAUME II.

Que c'eſt en vain que les hommes, & principalement les Rois & les Princes de la terre, s'oppoſent au Royaume de JESUS-CHRIST *, puiſque c'eſt lui qui a été établi par Dieu ſon Pere, pour être le Roi de tout le monde. Excellente exhortation aux Rois.*

QUARE fremuerunt gentes , & populi meditati ſunt inania.

Aſtiterunt Reges terræ , & Principes convene-runt in unum , adversùs Dominum ; & adversùs Chriſtum ejus.

Dirumpamus vincula eorum , & projiciamus.à nobis jugum ipforum.

Qui habitat in cœlis , irridebit eos , & Dominus fubfannabit eos.

Tunc loquetur ad eos in ira fua , & in furore fuo conturbabit eos.

Ego autem conftitutus fum Rex ab eo fuper Sion montem fanctum ejus, prædicans præceptum ejus.

Dominus dixit ad me , Filius meus es tu , ego hodie genui te.

Poftula à me , & dabo tibi gentes hereditatem tuam , & poffeffionem tuam terminos terræ.

Reges eos in virga ferrea , & tanquam vas figuli confringes eos.

Et nunc Reges intelligite, erudimini qui judica-tis terram.

Servite Domino in timore , & exultate ei cum tremore.

Apprehendite difciplinam , nequando irafcatur Dominus , & pereatis de via jufta.

Cum exarferit in brevi ira ejus ; beati omnes qui confidunt in eo.

Domine , falvum fac Regem : Et exaudi nos in die quâ invocaverimus te.

DU PSEAUME XVII.

David rend graces à Dieu dans cet excellent Can-
tique, de ce que par le secours de sa miséricorde, il
l'a délivré des grandes extrémités qu'il décrit
d'une maniere figurée & toute poétique.

De quelle maniere Dieu agit avec les hommes; qu'il
est bons avec les bons, & comme méchant avec les
méchans. Que toutes les actions & les paroles de
Dieu sont irréprochables.

Recit de   DILIGAM te, Domine, fortitudo mea :
Dessus.   Dominus fimamentum meum, &
                refugium meum, & liberator
                meus.

Deus meus adjutor meus, & sperabo in
eum.

Protector meus, & cornu salutis meæ, &
susceptor meus.

Chœur. Laudans invocabo Dominum; & ab inimicis meis salvus ero.

Circumdederunt me dolores mortis, & torrentes iniquitatis conturbaverunt me.

Dolores inferni circumdederunt me; præ-
occupaverunt me laquei mortis.

Recit de In tribulatione mea invocavi Dominum,
Baſſe-T.   & ad Deum meum clamavi.

Et exaudivit de templo ſancto ſuo vocem
meam, & clamor meus in conſpectu
ejus, introivit in aures ejus.

Chœur.   Commota eſt, & contremuit terra, fundamenta montium conturbata ſunt, &
commota ſunt, quoniam iratus eſt eis.

Recit & Aſcendit fumus in ira ejus, & ignis à facie
Chœur.   ejus exarſit, carbones ſuccenſi ſunt
ab eo.

Domine, ſalvum fac Regem : Et exaudi nos in
die quâ invocaverimus te.

PSEAUME XCVI.

Le Prophéte invite les hommes & les Anges à adorer JESUS-CHRIST , *qui confondra un jour ceux qui adorent les Idoles , & qui comblera les justes de joie.*

DOMINUS regnavit , exultet terra , lætentur insulæ multæ.

Nubes & caligo in circuitu ejus, justitia & judicium correctio sedis ejus.

Ignis ante ipsum præcedet , & inflammabit in circuitu inimicos ejus.

Illuxerunt fulgura ejus orbi terræ : vidit & commota est terra.

Annuntiaverunt cœli justitiam ejus ; & viderunt omnes populi gloriam ejus.

Confundantur omnes qui adorant sculptilia , & qui gloriantur in simulacris suis.

Adorate eum omnes Angeli ejus : audivit , & lætata est Sion.

Et exultaverunt filiæ Judæ , propter judicia tua , Domine.

Quoniam

Quoniam tu Dominus altiſſimus ſuper omnem terram ; nimìs exaltatus es ſuper omnes deos.

Qui diligitis Dominum , odite malum , cuſtodit Dominus animas ſanctorum ſuorum , de manu peccatoris liberabit eos.

Lux orta eſt juſto , & rectis corde letitia.

Lætamini juſti in Domino , & confitemini memoriæ ſanctificationis ejus.

Domine , ſalvum fac Regem : Et exaudi nos in die quâ invocaverimus te.

Q

PSEAUME XLV.

De la fermeté d'une ame qui prend Dieu pour son appui. Que l'Église, qui est sa Cité sainte, étant soutenue de sa présence, demeure inébranlable contre toutes les violences qui l'attaquent.

DEus noster refugium & virtus : adjutor in tribulationibus, quæ invenerunt non nimis.

Proptereà non timebimus dum turbabitur terra, & transferentur montes in cor maris.

Sonuerunt & turbatæ sunt aquæ eorum, conturbati sunt montes in fortitudine ejus.

Fluminis impetus lætificat civitatem Dei : sanctificavit tabernaculum suum Altissimus.

Deus in medio ejus, non commovebitur : adjuvabit eam Deus manè diluculo.

Conturbatæ sunt gentes, & inclinata sunt regna : dedit vocem suam, mota est terra.

Dominus virtutum nobiscum ; susceptor noster Deus Jacob.

Venite, & videte opera Domini, quæ posuit prodigia super terram : auferens bella usque ad finem terræ.

Arcum conteret, & confringet arma, & scuta comburet igni.

Vacate, & videte quoniam ego sum Deus : exaltabor in gentibus, & exaltabor in terra.

Dominus virtutum nobiscum, susceptor noster Deus Jacob.

Domine, salvum fac Regem : Et exaudi nos in die quâ invocaverimus te.

PSEAUME LXVII.

Le Prophéte chante dans ce Pseaume la victoire de JESUS-CHRIST *& de l'Église sur ses ennemis. Il prédit que* JESUS-CHRIST *montera au ciel, & que de-là, il enverra ses Apôtres par tout le monde. Priere pour l'Église contre ses ennemis.*

EXURGAT Deus , & dissipentur inimici ejus ; & fugiant, qui oderunt eum, à facie ejus.

Sicut deficit fumus , deficiant ; sicut fluit cera à facie ignis , sic pereant peccatores à facie Dei.

Et justi epulentur , & exultent in conspectu Dei ; & delectentur in lætentia.

Cantate Deo , psalmum dicite nomini ejus : iter facite ei , qui ascendit super occasum Dominus nomen illi.

Exultate in conspectu ejus ; turbabuntur à facie ejus , patris orphanorum & judicis viduarum.

Deus loco sancto suo : Deus qui inhabitare facit unius moris in domo.

Quia educit vinctos in fortitudine : similiter eos qui exasperant , qui habitant in sepulcris.

Deus cùm egredereris in confpectu populi tui, cùm pertranfires in deferto.

Terra mota eft , etenim cœli diftillaverunt à facie Dei Sinaï, à facie Dei Ifrael.

Pluviam voluntariam fegregabis, Deus, hereditati tuæ ; & infirmata eft , tu vero perfecifti eam.

Animalia tua habitabunt in ea : parafti in dulcedine tua pauperi , Deus.

Dominus dabit verbum evangelizantibus , virtute multa.

Rex virtutum dilecti , dilecti : & fpeciei domus dividere fpolia.

Si dormiatis inter medios cleros, pennæ columbæ deargentatæ : & pofteriora dorfi ejus in pallore auri.

Dum difcernit cœleftis reges fuper eam , nive dealbabunt in Selmon : mons Dei , mons pinguis.

Mons coagulatus, mons pinguis, ut quid fufpicamini montes coagulatos ?

Mons in quo beneblacitum eft Deo habitare in eo : etenim Dominus habitabit in finem.

Currus Dei decem millibus multiplex , millia lætantium : Dominus in eis in Sina in fancto.

Afcendifti in altum , cepifti captivitatem , accepifti dona in hominibus.

Etenim non credentes , inhabitare Dominum Deum.

Benedictus Dominus die quotidie : profperum iter faciet nobis Deus falutarium noftrorum.

Deus noſter , Deus ſalvos faciendi : & Domini Domini exitus mortis.

Veruntamen Deus confringet capita inimico-rum ſuorum , verticem capilli perambulantium in delictis ſuis.

Dixit Dominus , Ex Bazan convertam ; conver-tam in profundum maris.

Ut intingatur pes tuus in ſanguine , lingua ca-num tuorum ex inimicis ab ipſo.

Viderunt ingreſſus tuos Deus , ingreſſus Dei mei , regis mei qui eſt in ſancto.

Prævenerunt principes conjuncti pſallentibus , in medio juvencularum tympaniſtriarum.

In eccleſiis benedicite Deo Domino , de fonti-bus Iſrael.

Ibi Benjamin adoleſcentulus in mentis exceſſu.

Principes Juda , duces eorum : principes Zabu-lon , principes Nephtali.

Manda Deus virtuti tuæ : confirma hoc Deus , quod operatus es in nobis.

A templo tuo in Jeruſalem , tibi offerent reges munera.

Increpa feras arundinis , congregatio taurorum in vaccis populorum , ut excludant eos qui probati ſunt argento.

Diſſipa gentes , quæ bella volunt ; venient legati ex Ægypto ; Æthiopia præveniet manus ejus Deo.

. Regna terræ , cantate Deo ; pſallite Domino.

Pfallite Deo, qui afcendit fuper cœlum cœli ad orientem.

Ecce dabit voci fuæ vocem virtutis, date gloriam Deo fuper Ifrael, magnificentia ejus, & virtus ejus in nubibus.

Mirabilis Deus in fanctis fuis ; Deus Ifrael, ipfe dabit virtutem & fortitudinem plebi fuæ : benedictus Deus.

Domine, falvum fac Regem : Et exaudi nos in die quâ invocaverimus te.

DU PSEAUME XVII.

David rend graces à Dieu dans cet excellent Can-
tique, de ce que par le secours de sa miséricorde, il
l'a delivré des grandes extremités qu'il décrit
d'une maniere figurée & toute poétique.

De quelle maniere Dieu agit avec les hommes ; qu'il
est bons avec les bons, & comme méchant avec les
méchans. Que toutes les actions & les paroles de
Dieu sont irréprochables.

DILIGAM te, Domine, fortitudo mea : Dominus
firmamentum meum, & refugium meum, &
liberator meus.

Deus meus adjutor meus, & sperabo in eum.

Protector meus, & cornu salutis meæ, & susceptor
meus.

Laudans invocabo Dominum ; & ab inimicis
meis salvus ero.

Circumdederunt me dolores mortis, & torrentes
iniquitatis conturbaverunt me.

Dolores inferni circumdederunt me ; preoccu-
paverunt me laquei mortis.

In tribulatione mea invocavi Dominum, & ad
Deum meum clamavi.

Et

Et exaudivit de templo sancto suo vocem meam, & clamor meus in conspectu ejus, introivit in aures ejus.

Commota est, & contremuit terra, fundamenta montium conturbata sunt, & commota sunt, quoniam iratus est eis.

Ascendit fumus in ira ejus, & ignis à facie ejus exarsit, carbones succensi sunt ab eo.

Vivit Dominus, & benedictus Deus meus, & exaltetur Deus salutis meæ.

Domine, salvum fac Regem : Et exaudi nos in die quâ invocaverimus te.

R

DU PSEAUME XX.

Dieu est la joie & la force de ceux qui le servent.
Il les prévient par sa grace & sa miséricorde;
les rend fermes & inébranlables.

DOMINE, in virtute tua lætabitur Rex : & super salutare tuum exultabit vehementer.

Desiderium cordis ejus tribuisti ei , & voluntate labiorum ejus non fraudasti eum.

Quoniam prævenisti eum in benedictionibus dulcedinis , posuisti in capite ejus coronam de lapide pretioso.

Vitam petiit à te , & tribuisti ei longitudinem dierum in seculum , & in seculum seculi.

Magna est gloria ejus in salutari tuo , gloriam & magnum decorem imponens super eum.

Quoniam dabis eum in benedictionem in seculum seculi , lætificabis eum in gaudio cum vultu tuo.

Inveniatur manus tua in omnibus inimicis tuis; dextera tua inveniat omnes qui te oderunt.

Pones eos ut clibanum ignis in tempore vultus tui : Dominus in ira sua conturbabit eos, & devorabit eos ignis.

Fru&um eorum de terra perdes , & femen eorum
à filiis hominum.

Exaltare, Domine , in virtute tua : cantabimus
& pfallemus virtutes tuas.

Domine, falvum fac Regem: Et exaudi nos in
die quâ invocaverimus te.

PSEAUME CXXI.

Louanges de l'Église, à cauſe de l'union de tous ſes
membres. Le Prophéte releve ſa piété & ſa juſtice,
& lui ſouhaite mille biens.

LÆTATUS ſum in his quæ dicta ſunt mihi : in
domum Domini ibimus.

Stantes erant pedes noſtri in atriis tuis, Jeruſalem.

Jeruſalem quæ ædificatur ut civitas , cujus participatio ejus in idipſum.

Illùc enim aſcenderunt tribus , tribus Domini ;
teſtimonium Iſrael ad confitendum nomini Domini.

Quia illìc ſederunt ſedes in judicio , ſedes ſuper
domum David.

Rogate quæ ad pacem ſunt Jeruſalem , & abundantia diligentibus te.

Fiat pax in virtute tua , & abundantia in turribus tuis.

Propter fratres meos & proximos meos , loque-
bar pacem de te.

Propter domum Domini Dei noſtri , quæſivi
bona tibi.

Domine , ſalvum fac Regem : Et exaudi nos in
die quâ invocaverimus te.

TABLE
DES MOTETS
DE DIFFÉRENS AUTEURS.

CE LIVRE CONTIENT

Ensemble 69 Motets.

Les differentes Tables suivantes sont Alphabetiques.

MOTETS DE M. DE LALANDE.

MOTETS DE M. CAMPRA.

MOTETS CHOISIS.

FIN DU LIVRE DU ROI.

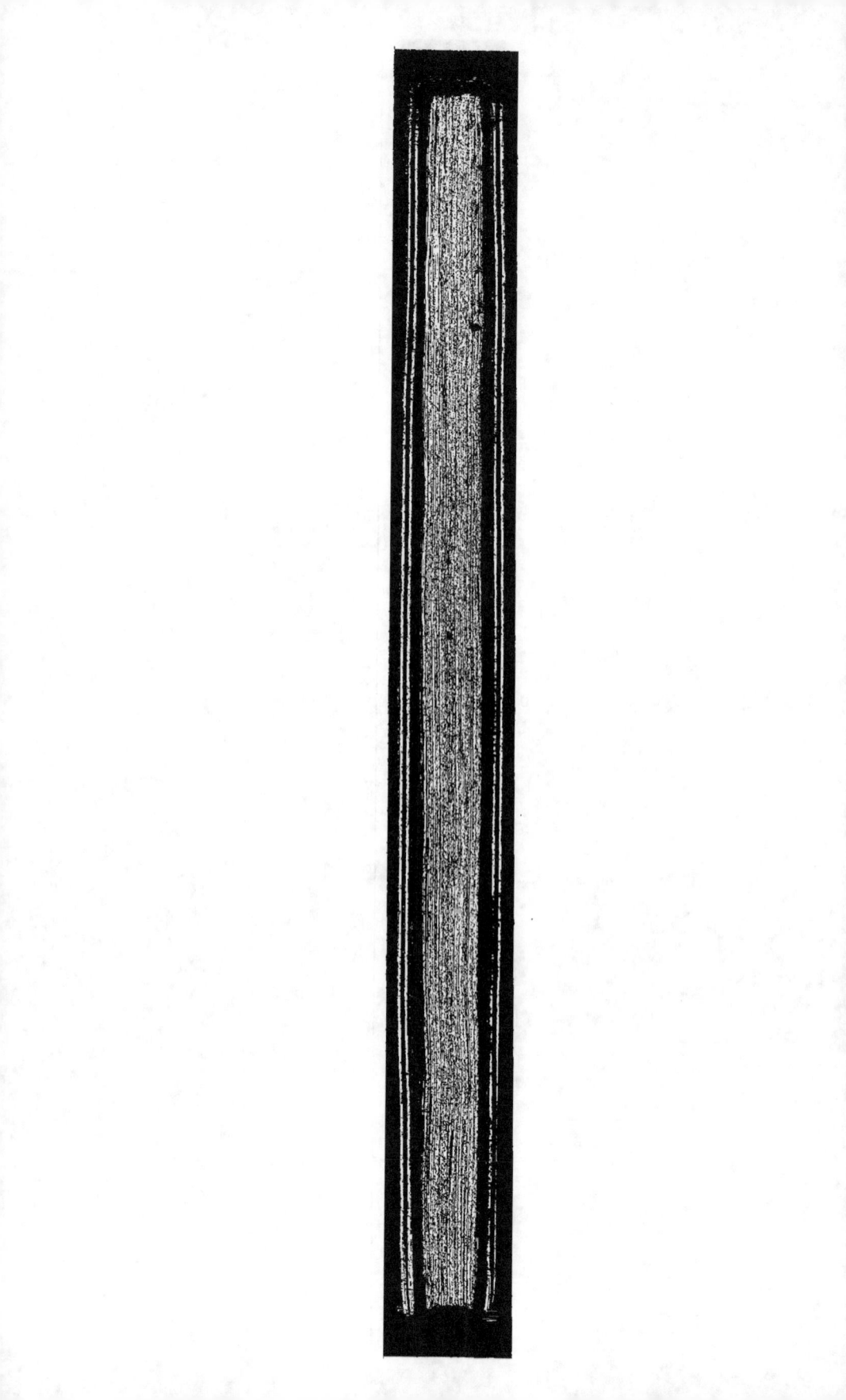

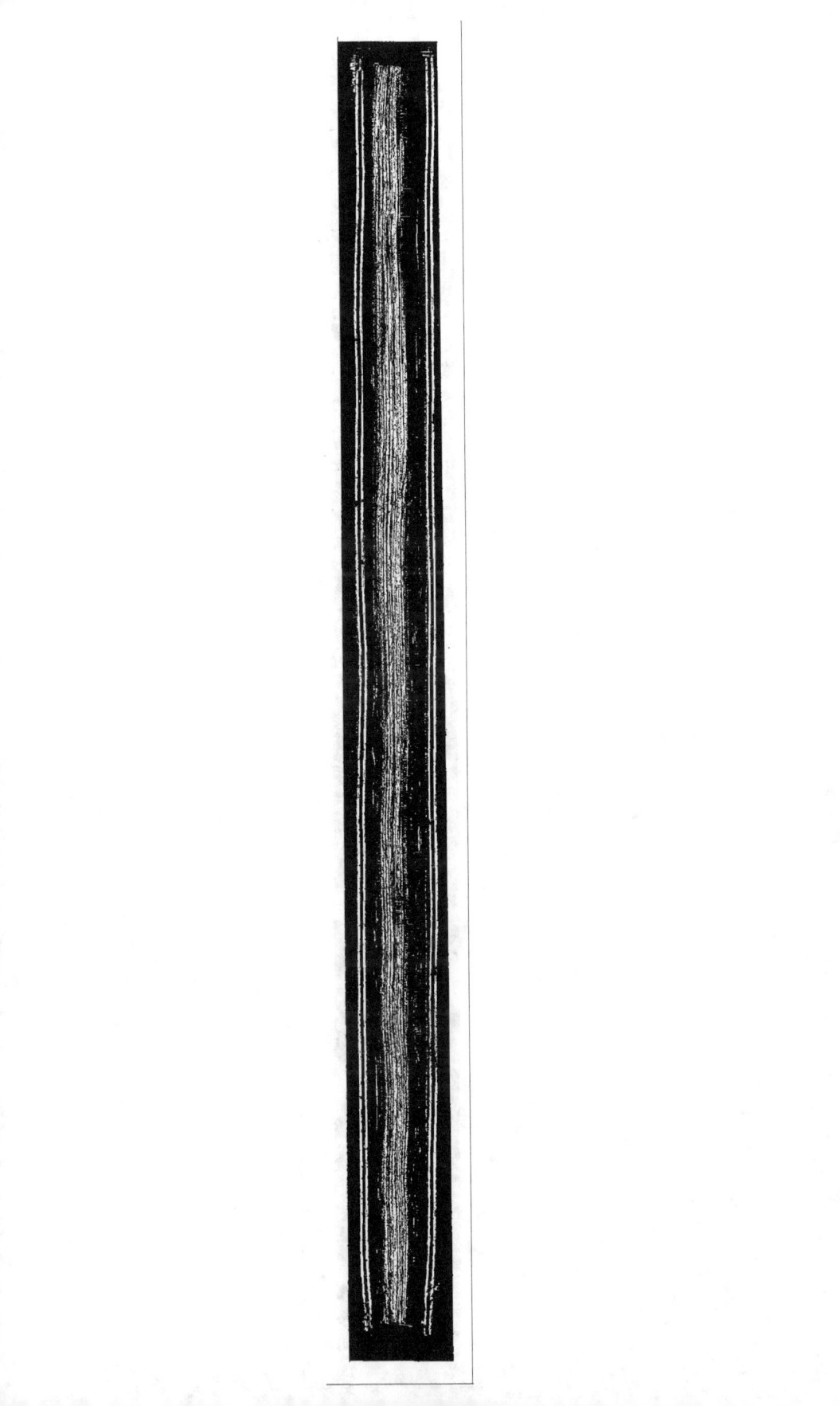

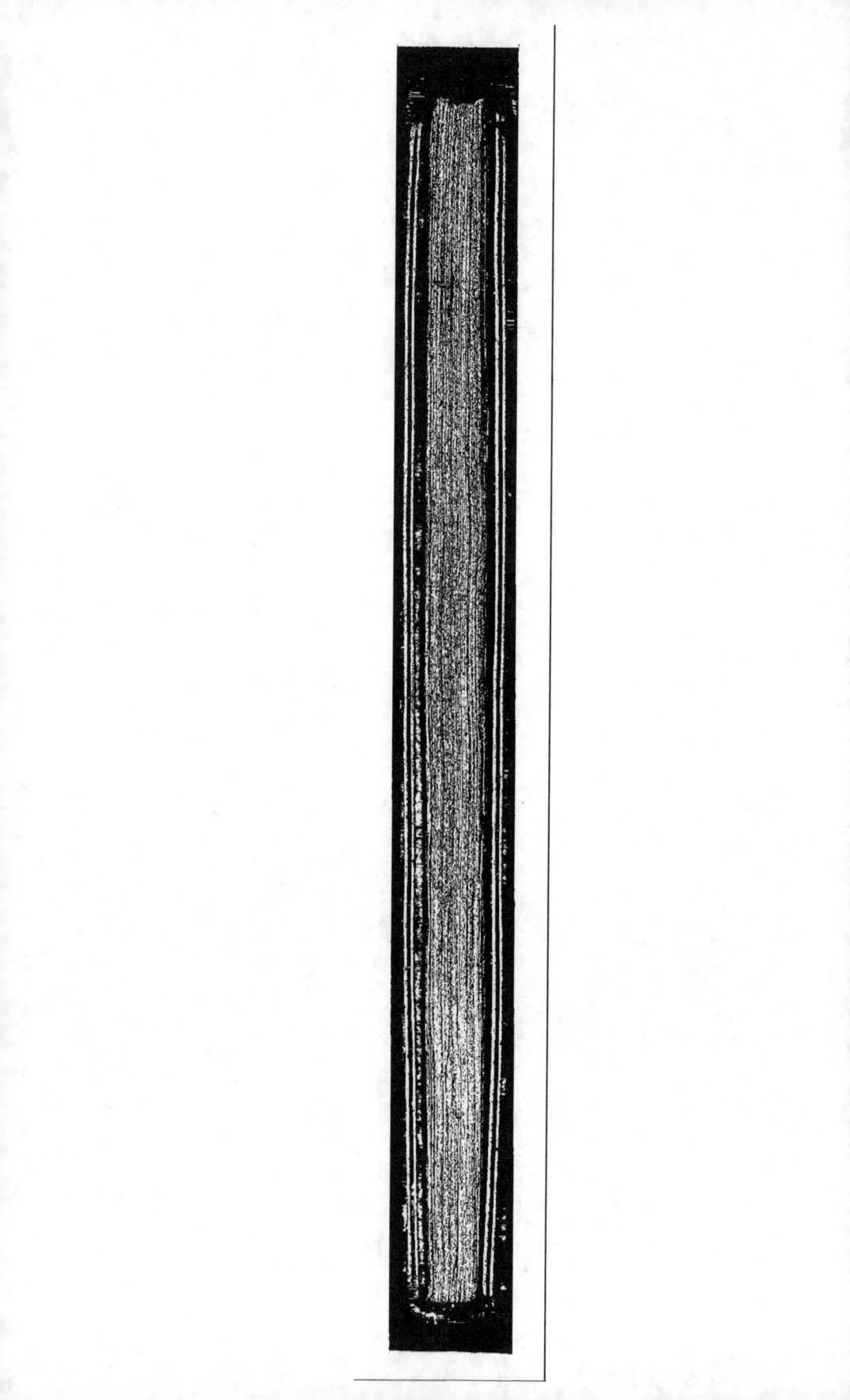